Außerplanmäßig
– Zug-Eskapaden

Förderkreis Literatur e.V.

Printausgabe, erschienen 2025
1. Auflage

ISBN: 978-3-98650-024-5

www.main-verlag.de/dewinter-waldorf-glass-dwg/
www.facebook.com/AntheumDWG.Verlag

order@main-verlag.de

Text © Pupuze Berber (Hrsg.)

Umschlaggestaltung: © Dream Design – Cover and Art
Umschlagmotiv: © Nadja Bauernfeind

Druck: Huter Verwaltungs-GmbH, Bahnhofstr 12, 15806 Zossen

Bibliografische Information der Deutschen Nationalbibliothek:
Die Deutsche Nationalbibliothek verzeichnet diese Publikation in der Deutschen Nationalbibliografie; detaillierte bibliografische Daten sind im Internet über
http://dnb.d-nb.de abrufbar.

Der Förderkreis Literatur e.V. ist Mitglied im Netzwerk »Schöne Bücher«, einer Vereinigung unabhängiger Verlage.

Pupuze Berber (Hrsg.)

Außerplanmäßig – Zug-Eskapaden

Das Buch

Auf einen Zug warten, in einen Zug steigen, während einer Zugfahrt träumen. Die Möglichkeiten sind hierbei unbegrenzt; das Erlebte eine einzigartige Zug-Eskapade in jeder dieser Kurzgeschichten.

So werden wir Zeuge von dem Ausbruch eines Kindes aus seinem monotonen Alltag, blicken auf die bewegenden Momente während der Wende, verlieren uns in Literatur und Liebesgeschichten, erleben einen Horrortrip, lassen uns in andere Dimensionen beamen und träumen uns in fremde Länder, werden Zeuge einer Flucht, machen eine Zeitreise sowohl in die eigene Zukunft als auch die der Fremden, lernen, was Freundschaft ist, begegnen aber auch kriminellen Energien.

Sie alle sind anders und einzigartig, sowohl in der Sprache als auch im Erzählstil, einzig gleich ist das rollende Gefährt.

Die Texte entstanden im *Literaturclub der Frauen aus aller Welt e.V.*

Der Literaturclub ist seit gut zwanzig Jahren ein Begegnungsort im Raum Frankfurt für schreibende Frauen aus aller Welt. Hier treffen sich überwiegend Frauen, deren Muttersprache nicht Deutsch ist, die aber Deutsch als ihre Literatursprache gewählt haben. Auch Autorinnen mit deutscher Muttersprache gehören zu unseren Mitgliedern.

Der Literaturclub wird gefördert von

FRAUEN REFERAT Frankfurt am Main

AMT FÜR MULTIKULTURELLE ANGELEGENHEITEN FRANKFURT AM MAIN

Inhalt

Gisela Wölbert

Zwischenaufenthalt

Der Zug ist pünktlich. Schon aus einiger Entfernung sehe ich am Ende von Gleis acht die weiße Schnauze des ICE. Und zum Glück habe ich noch einen Platz am Tisch reservieren können.

Großes Fenster und ein Gegenüber, ein wenig so wie früher in den Abteilen, als man in einigen noch rauchen durfte und Leute manchmal Dinge aus ihrem Leben erzählten, die sich anhörten, als erzählten sie sie zum ersten Mal.

Noch heute erinnere ich mich an ein bewegendes Gespräch mit einem jungen Soldaten, der ausführlich von seinem Unglück bei der Bundeswehr berichtete, und an die Begegnung mit einem Lokführer, der auf Urlaub war und nur zu gern die sicherheitstechnischen Details seiner Arbeit preisgab. Einzelheiten über die Fahrt durch Tunnels, die ich so genau gar nicht wissen wollte und die mich noch heute auf Zugreisen begleiten.

Inzwischen erzählt kaum noch jemand etwas unterwegs.

An meinem Tisch sind alle Plätze noch frei. Ich setze mich ans Fenster.

Ein smarter, noch jung wirkender Mann nähert sich, hält inne, prüft die Sitznummern und grüßt freundlich. Im Gefolge ein etwa 8-jähriger Junge, vermutlich sein Sohn. Der Mann verstaut das Gepäck, überlässt dem Jungen den Fensterplatz mir gegenüber.

Dieser holt kurz darauf ein Comic Buch aus seinem kleinen Rucksack und legt es auf den Tisch. Ein grell-buntes Cover mit Supermännern und Vampiren. Der Mann wirft kurz einen Blick darauf, nimmt es in die Hand.

»Ach, das gibt's jetzt auch schon als Print? Hast Du sonst noch was dabei, dein I-Phone?«

»Nöö, hat die Mama verboten.«

Der Junge lehnt sich im Sitz zurück und streckt seinen Rücken.

»Okaayyy«, kommentiert der Vater in einem Ton, der mich an einen Fernsehmoderator erinnert, der eine kleine Irritation überspielt. Er zieht sein Notebook aus der Tasche.

Der Zug hat sich schon in Bewegung gesetzt und wir gleiten bequem durch die wechselnden Stadtlandschaften, überqueren zum zweiten Mal den Main, jetzt wieder in Richtung Norden.

Der Vater ist an seinem Laptop beschäftigt. Inzwischen hängt seine Atemschutzmaske unter der Nase, doch ich habe keine Lust ihn anzusprechen.

Vor mir liegt die heutige Tageszeitung, mein Mobiltelefon und ein Buch von Charles Pépin: Kleine Philosophie der Begegnung – es wurde kürzlich enthusiastisch von einer Kritikerin empfohlen. Ich schaue aus dem Fenster, folge den vorbeiziehenden Häusern und Telegrafenmasten.

»Wohin fahren Sie?« Die Frage des Jungen überrascht mich.

»Nach Berlin.«

»Wir auch! Ich war noch nie in Berlin.« Seine Augen strahlen.

»Ah, schön. Ich war schon oft da. Hab früher auch mal dort gewohnt.«

»Wir wohnen in Bischofsheim. Wir mussten heute Morgen schon zweimal umsteigen.«

Der Junge hat ein aufgewecktes, freundliches Gesicht. Seine lockigen, mittelblonden Haare weisen in alle Richtungen.

Der Vater wühlt kurz in seiner Tasche, zieht eine Safttüte heraus und der Junge bedankt sich höflich.

»Wie lange fahren wir?«, fragt der Junge.

»Circa vier Stunden« erhält er zur Antwort. Der Vater wendet sich wieder seinem Gerät zu.

Ich schlage die Zeitung auf. Es wird heute wieder heiß werden, wie schon die Tage und Wochen zuvor.

Die Wiesen, an denen wir vorbeiziehen, haben die Farbe von abgeernteten Getreidefeldern angenommen. Das Grün der Wälder ist durchsetzt von braunen Flecken. An den näher vorbeiziehenden Büschen sieht man stumpfe, verdorrte Blätter.

In einem Interview berichtet ein deutscher Reporter aus dem Süden von Madagaskar. Dort, wo einst Flüsse Wasser trugen, sagt er, müssten die Menschen inzwischen kilometerlange Wege zurücklegen, um an Trinkwasser zu kommen. Da wirke es zuweilen komisch, wenn er in den deutschen Nachrichten von den langen Debatten über die Maskenpflicht höre.

Der Junge schaut aus dem Fenster, das Buch lässt er unangetastet. Vielleicht erwartet seine Mutter ja, dass er unterwegs etwas für seine Lesekenntnisse tut.

»Hier sieht es grüner aus als in Frankfurt«, bemerkt er jetzt, und tatsächlich wirken die Wiesen, die nun an uns vorbeigleiten, und auch die Wälder frischer als zuvor. Ich werde aufmerksamer.

»Ja, vielleicht hat es hier etwas mehr geregnet.«

»Was machen Sie in Berlin?«

»Ich besuche meine Schwester, und ich werde in der Nähe vom Müggelsee wohnen, das ist im Osten der Stadt. Und du?«

»Wir besuchen Freunde von meinem Vater.« Seine Stimme klingt nicht sehr enthusiastisch.

Dann ruft er: »Da hinten sind Schafe!«

Der Junge hält seinen linken Arm waagerecht vor das Fenster, und ich entdecke eine große, digitale Uhr an seinem Handgelenk.

»Ja, damit kann man fotografieren«, bestätigt er meine Frage. Ich bin erstaunt.

»Auch telefonieren?« Der Junge verneint.

»Mein Vater hat noch eine größere Uhr mit einer besseren Kamera.«

Dieser hebt weiterhin nicht einmal den Blick, seine Handgelenke kann ich nicht sehen, sie werden vom Rücken des aufgeklappten Laptops verdeckt.

»Und dieser See? Was kann man da machen?«

»Oh, der ist sehr groß, man kann darin schwimmen, lange Spaziergänge um den See herum machen, windsurfen, man kann sogar unter der Spree hindurchgehen – das ist der Fluss, der dort in den See mündet.«

»Unter dem Fluss?« Der Junge ist erstaunt. »Das würde ich auch gern mal, unter dem Wasser durchgehen. Unter dem Main fährt man nur mit der S-Bahn.«

Meine Schwester schickt eine Nachricht. Ich antworte, dass ich pünktlich weggekommen bin und dass sie mich nicht abholen soll. Sie muss sich nach dem langen Klinikaufenthalt schonen.

»Der Tunnel dort ist nur für Fußgänger, der wurde sogar schon vor hundert Jahren gebaut. Ich habe den auch erst letztes Jahr entdeckt.«

Der Junge schaut weiter aus dem Fenster.

Ich werfe wieder einen Blick in die Zeitung, merke bald, dass ich dringend einen Kaffee brauche und mache mich auf den Weg zum Bistro. Lesen oder Musik hören und Kaffee trinken, während man bequem durch den Tag fährt, auch das schätze ich an solchen Reisen.

Als ich mit dem Kaffee zurückkomme, ist die Situation unverändert.

Der Vater gebeugt über seinem Laptop, der Junge mit dem Gesicht am Fenster. Hin und wieder reckt er seinen Kopf nach oben zu dem Monitor über dem Gang, der den Streckenverlauf und die jeweiligen Anschlusszüge anzeigt.

Ob sein Vater unbedingt auf der Fahrt so viel arbeiten muss? Warum hat er nicht einmal ein Spiel dabei? Wie gut könnte er die Zeit mit dem Jungen nutzen, denke ich.

Er tippt kaum auf Tasten, sieht sich wahrscheinlich irgendetwas an. Ich frage ihn, ob er seine Maske wohl über die Nase ziehen könne. »Na klar«, antwortet er freundlich, und fragt dann seinen Sohn, ob er irgendetwas zu essen haben möchte. Der schüttelt den Kopf.

»Noch zweieineinhalb Stunden!«, ertönt plötzlich eine laute Jungenstimme vom Tisch nebenan. Der etwa gleichaltrige Junge, der dort sitzt, hebt beide Arme hoch. »Noch zwei ein Viertel!«, ruft er mit Überdruss in der Stimme.

Er sitzt kerzengerade da, vor ihm auf dem Tisch liegt nichts. Der ältere Mann neben ihm starrt ebenfalls unbeweglich auf sein Notebook.

Vielleicht gehören diese beiden gar nicht zusammen, folgere ich. Doch die Frau, die dem Jungen gegenübersitzt, wirkt auch nicht zu ihm gehörend.

Jemandem zu begegnen, schreibt Pepin, bedeute, dass unsere Sicht auf die Dinge, ja, unsere Weltbeziehung sich verändere.

Warum habe ich ausgerechnet dieses Buch mitgenommen? Vielleicht wäre eine leichtere Lektüre besser gewesen.

Die Landschaft draußen ist inzwischen wieder hügeliger, kleine Waldstücke, weite Wiesen.

»Da hinten sind Pferde, zwei, nein vier«, ruft der Junge.

Er schaut mich an. Ich nicke, bin aber kaum in der Stimmung, mich ausgiebig mit ihm zu unterhalten, zumal der Vater, anwesend und abwesend zugleich, daneben sitzt.

Ich werfe einen Blick in das Bahn-Magazin, schaue auf die Uhr. Das Buch vor dem Jungen bleibt unangetastet.

»Hast Du jetzt Hunger?« Der Junge nickt nun und der Vater zieht zwei Sandwiches aus der Tasche, gibt ihm eins.

»Sag doch was, wenn Du etwas willst!«, fügt er leicht vorwurfsvoll hinzu.

Er scheint irgendwie bemüht, ein guter Vater zu sein.

Wie diszipliniert diese beiden Jungen hier sind!, denke ich. Sie äußern keine Wünsche, kaum Unbehagen.

Der Zug erreicht nun den Leipziger Hauptbahnhof. Der ältere Mann vom Tisch nebenan nimmt sein Gepäck und verlässt gemeinsam mit dem Jungen, der neben ihm saß, das Abteil.

Auch mir wird die Fahrt inzwischen lang. Ich schaue auf die Uhr. Inzwischen sind wir seit über drei Stunden unterwegs.

Nach einer Weile reckt sich der Junge, hebt beide Arme in die Luft und ihm entfährt ein großer Seufzer:

»Es ist sooo anstrengend!«

Der Vater schaut kurz auf, grinst.

»Ja, dir geht es sooo schlecht! Weißt du, was anstrengend ist? Wenn man auf dem Bau arbeitet!«

Der Junge schweigt, schiebt nur das Buch vor sich hin und her, und ich werde wütend. »Du hast bestimmt noch nie auf einem Bau gearbeitet«, würde ich dem Vater am liebsten entgegnen.

Doch ich will mich nicht mit ihm beschäftigen.

»Lauf doch ein wenig im Zug auf und ab, du brauchst ja nicht ständig hier zu sitzen«, schlägt er vor.

Und sofort setzt sich der Junge in Bewegung, so als könnte der Vater ihn gar nicht schnell genug aus dem Sitz herauslassen.

Als er wieder kommt, sind schon die ersten Außenbezirke von Berlin in Sicht. Ich packe meine Sachen zusammen und erkläre dem überraschten Jungen, dass ich schon am Bahnhof Südkreuz aussteigen muss.

Der Vater zeigt sich weiter beschäftigt. Spontan geht der Junge wieder seine Runden.

Wir erreichen den Bahnhof Südkreuz, langsam kommt der Zug zum Halt. Als ich aussteige, ist der Junge nicht zu sehen. Schade, ich hätte mich noch gern von ihm verabschiedet.

Etwas mühsam setze ich mich auf dem Bahnsteig mit meinem Rollköfferchen in Bewegung. Nachdem der Zug wieder angefahren ist, höre ich hinter mir eine leise Stimme.

»Hallo!«, dann wieder »Hallo!«

Ich drehe mich um. Es ist der Junge. Und er ist allein.

»Wo ist dein Vater?«

»Noch im Zug. Ich bin einfach ausgestiegen.«

»Oh Gott, das geht doch nicht! Was machen wir jetzt?«

»Kann ich nicht mit Ihnen zu dem See fahren? Nur ein Ausflug«, setzt er leise hinzu.

Mir schießen tausend Gedanken durch den Kopf. Hier steht

dieser Junge, der sich stundenlang neben seinem Vater gelangweilt hat, und will mit mir einen Ausflug machen. Und in einer Art Trotz höre ich mich sagen: »Okay, dann machen wir einen Ausflug.«

Der S-Bahnsteig am Südkreuz ist voller Menschen, es ist heiß, hektisch. Ich weiß nicht, was da plötzlich in mich gefahren ist. Aber ich weiß: Am Umsteigebahnhof werde ich mein Gepäck einschließen und mit dem Jungen, dessen Namen ich nicht einmal weiß, zum Müggelsee fahren.

Er heißt Kai, sagt er auf meine Frage. Seine Eltern leben getrennt, aber nicht weit voneinander. Er wohnt bei seiner Mutter. Inzwischen sitzen wir in der S-Bahn nach Friedrichshagen.

»Hast Du die Handy-Nummer von deinem Vater oder deiner Mutter dabei?«

»Nöö, hab ja kein Telefon.«

»Okaayyy«, sage auch ich jetzt.

Zum dritten Mal kommt die Durchsage, dass alle Fahrgäste aufgefordert sind, Mund- und Nasenschutzmasken zu tragen, was die meisten nicht im Geringsten zu interessieren scheint. Eine Gruppe junger Leute steht laut albernd im Eingangsbereich.

Mein Begleiter schaut wieder zum Fenster hinaus.

»Hier sind ja fast schon keine Häuser mehr, nur Wald.«

»Ja, das sind schon die Randbezirke von Berlin, bald sind wir in Friedrichshagen. Dann müssen wir die Straßenbahn nehmen und fahren direkt zum See.«

»Straßenbahnen finde ich cool.«

»Die gibt's nur im Ostteil der Stadt. Im Westteil wurden sie damals abgeschafft.«

In Friedrichshagen haben wir Glück, wir müssen nicht lange auf die Bahn warten.

Zum dritten Mal komme ich nun hierher und immer ist es das gleiche irritierende Gefühl, wenn ich durch die Straßen gehe.

Es ist ein anderes Berlin, als ich es von früher kenne, als ich selbst in Westberlin wohnte und nur zu Tagesbesuchen in den

Ostteil kam, »die Hauptstadt«, wie es in der DDR hieß. Oft sind es Kleinigkeiten: ein Schriftzug an einer Häuserwand, der bei uns im Westteil so nicht existiert hätte, die Pflastersteine eines Gehweges, zwischen denen Gras wächst; eine stillgelegte Fabrik, die Art der Türen einer Reihe von Garagen; manches wirkt wie aus der eigenen Kindheit herübergeholt.

»So, und jetzt pass auf«, sage ich und fasse Kai bei der Hand. Wir sind in der Josef-Nawrocki-Straße, kurz vor der Biegung hin zum Müggelpark.

»Schließ die Augen und öffne sie erst, wenn ich es sage!«

Der Junge öffnet die Augen. »Wow!« Er strahlt. Wir stehen vor dem See, vor seiner glatten, weiten Oberfläche. Riesige Bäume um uns herum mit noch frisch wirkendem Grün. Die Luft hier ist deutlich kühler. Ein paar kleine Boote sind zu sehen.

Weite ... Wasser ... Ruhe.

Ein Kiosk mit Tischen und Bänken nicht weit entfernt am Anlegesteg.

»Magst du was trinken oder ein Eis? Oder sollen wir erst durch den Tunnel gehen?«

»Erst durch den Tunnel.«

Eigentlich ist es eine normale, wenn auch etwas längere Unterführung für Fußgänger, nur dass sie unter dem See bzw. dem hineinmündenden Fluss hindurchführt. Auf der anderen Uferseite ist ein Wäldchen, ein romantisch wirkendes Ausflugs-, Picknick- und Badegelände entlang der Spree. Seinerzeit wurde der Andrang der Ausflügler für die Fähre zu groß, sodass man den Versuch eines Tunnelbaus wagte.

»Hallllooo!«, ruft Kai, er ist schon auf der untersten Stufe der langen Treppe angekommen, läuft weiter, dreht sich ein paarmal im Kreis, schaut sich lachend nach mir um. Sein Rufen wird lauter, ich stimme ein. Wir freuen uns an dem Schall, den die Wände zurückwerfen.

»Komisch, über uns ist das ganze Wasser!«

»Ja«, sage ich, »schnell durch«, und laufe ihm hinterher.

Am anderen Ufer angekommen, außer Puste, machen wir eine Rast im Gras. Der Junge schaut mich an. Wir lächeln uns zu. Und ich sehe plötzlich auf seine seltsame Armbanduhr.

Ich müsste ihn abgeben, so wie man ein entlaufenes Tier abgibt. In der nächsten Polizeistation oder besser am Knotenpunkt, wo ich mein Gepäck eingeschlossen habe. Und er müsste allein hineingehen und mir versprechen, dass er nichts von unserem Ausflug erzählt, auch nichts von mir. Er wäre einfach aus Versehen zu früh ausgestiegen.

Wir schauen auf das Wasser, junge Leute kommen vorbei, lachend, mit Badesachen über der Schulter. Wir könnten eine Weile durch das Wäldchen laufen. Uns gegenseitig aus unserem Leben erzählen. Dann wieder zurück durch den Tunnel gehen und auf der Parkseite am Kiosk etwas trinken. Diese kleine Begegnung feiern.

Mein Mobiltelefon summt, eine Nachricht von meiner Schwester.

»Tut mir leid«, antworte ich, »werde doch später kommen. Die leidige Bahn! Es hat einen Vorfall gegeben.«

Radvana Kraslová

Mein Leben in Bezug auf den Zug

Život je tunel, kterým se řítí vlak,
a neví se kam a proč a nač a jak,
pan průvodčí nám změří krevní tlak
a předepíše cestu do oblak.

Das Leben ist ein Tunnel, durch den ein Zug rast.
Wohin, warum und wie – vergeblich du erfragst.
Doch der Schaffner nimmt dir nur den Blutdruck ab
Und schickt dich gen Himmel, kurz und knapp.

Jiří Suchý, geboren 1931 und immer noch aktiv:
Tschechischer Poet, Dramatiker, Theaterchef, Regisseur,
Schauspieler, Sänger, Liedermacher, Maler

Meine Zugreiseerlebnisse sind für immer mit einer großen Eile verbunden, denn obwohl alle sagten, dass die tschechischen Züge nie pünktlich seien, waren sie es in meinem Fall fast immer, auch wenn ich mir meistens das Gegenteil gewünscht hätte.

So hastete ich schon als Kind mit meiner Mutter und meiner großen Schwester – alle mit Gepäck beladen und in Schweiß gebadet – durch den großen Wald zum Dorfbahnhof im ehemaligen Sudetenland, wo unsere Eltern in den Fünfzigern ein Häuschen gekauft hatten, um uns Prager Kindern frische Luft zugänglich zu machen.

Heute erstaunlich, dass wir für die mehr als hundert Kilometer lange Reise hin und zurück nur die Zeit vom Samstagnachmittag bis Sonntagnachmittag hatten, denn freie Samstage gab es noch nicht. Wann haben wir uns eigentlich erholt? Na ja, es sollte ja auch keine Wellness sein, sondern Zeit für die nötigen Gartenarbeiten – unsere Erholung musste bis zu den Schulferien warten.

Meine Schwester heiratete viel zu früh und besetzte regelmäßig mit ihren drei Kindern unser Sommerhäuschen. Ich – schon in den freieren Sechzigern sozialisiert – hatte dagegen Gelegenheit, sogar nach Westen zu reisen. Zuerst mit meiner Mutter nach Augsburg zu ihrer Freundin Rotraut, die sie noch vor dem Krieg im Sudetenland kennengelernt hatte. Später fuhren wir zusammen nach Italien. Denn mein Vater als Bankbeamter bereitete damals Devisen für die Zugreisen der Bahnangestellten vor – und platzierte uns mit hinein.

Auch wenn sich dabei das sozialistische und das italienische Chaos oft die Hände hielten, war es für uns ein unvergessliches Erlebnis.

Zuerst wurde unser spezieller Endwagen zum falschen Zug angebunden, sodass wir später in Rom nur Zeit für eine Busrundfahrt hatten, dann bekamen wir unerwartet doch noch zwei Stunden mehr. Die wollten wir auf keinen Fall im Bahnhof verbringen. In einem unglaublichen Tempo schafften wir es im Labyrinth der Gassen noch bis zur Fontana di Trevi, wo ich in den paar Minuten nicht nur eine Krone in den Brunnen warf, sondern auch mein fünfzehnjähriges Herz an einen feschen Italiener verlor.

Unterwegs nach Sizilien zwang uns der Bahnstreik zum Schritttempo, was alle Passagiere wütend machte – bis sie erfuhren, dass wir aus der Tschechoslowakei kommen.

Sofort vergaßen sie ihre eigenen Probleme und zeigten uns mit großem Mitgefühl eine brandaktuelle Zeitungskarikatur, auf der unser kommunistischer Hoffnungsträger Dubček mit verbundenen Händen und bei vorgehaltenen sowjetischen Maschinengewehren seine »freiwillige« Abdankung unterschreiben sollte.

So sah das letzte Kapitel unserer scheinbaren Freiheit aus und dann war auch Schluss mit Reisen nach Westen.

Dann blieben wir schön in unserem verdrahteten Heimatland. Das Leben ging weiter.

Als Gymnasiasten wurden wir mit extra organisierten Zügen zu Hopfenbrigaden geschickt. Da guckte man bei der Abfahrt auch nicht auf ein paar Minuten mehr oder weniger, wichtig war nur, die ganze Studenten- und Lehrerladung ans Ziel zu bringen, denn wir sollten dabei helfen, unser »grünes Gold« rechtzeitig zur Bierherstellung zu ernten. Da ging es um Tage, aber nicht um Minuten.

Diese Arbeiten fanden immer Ende August bis Anfang September statt und für viele, mich inklusive, bedeuteten sie eine Gelegenheit, mit dem »Gold« auch Geld zu verdienen und dabei noch Spaß zu haben.

Die Lieder aus dem ersten tschechischen Filmmusical »Hopfenpflücker« waren unsere Hymne und überraschenderweise gefallen sie auch den heutigen Generationen, auch wenn die sich gar nicht mehr vorstellen können, dass man bei jedem Wetter von Morgengrauen bis Abendrot auf dem Hopfenfeld saß und für ein paar Kronen fleißig die riesigen Körbe mit Hopfendolden füllte. Das geht wirklich nur mit Liedern auf den Lippen und mit der Sonne im jungen Herzen.

Dann starb unerwartet mein Vater, kurz bevor er seinen Urlaub mit meiner Mutter antreten sollte.

Sein Tod schweißte uns Hinterbliebene natürlich zusammen, jedoch nur zu Hause. Für einen gemeinsamen Urlaub zu zweit reichte es nicht mehr. Was ich mit Mama in Italien auf engem Zugraum zehn Tage lang problemlos schaffte, funktionierte fünf Jahre später nicht einmal mehr für zwei Tage Hinfahrt nach Dalmatien. Schließlich war ich mit zwanzig kein Kind mehr und hatte andere Interessen, als mich zwei Wochen lang von meiner Mutter bevormunden zu lassen.

Dass sie sich um mich und meine Hormone große Sorgen machte, weiß ich heute sehr wohl, aber damals nervte sie mich nur.

Umso lieber begleitete ich sie später zum Bahnhof, als sie alljährlich zu ihrer Kur fuhr. Schließlich wollte ich sicher sein, dass sie wirklich abreiste und ich endlich »sturmfrei« hatte.

Einmal überzog ich meine freundliche Hilfe so sehr, dass sich der Zug mit mir an Bord in Bewegung setzte und ich meine gewonnene Freiheit so um ein paar Stunden verkürzen musste. Zum Glück kam kein Fahrkartenkontrolleur und die Schaffnerin zeigte Verständnis für meine ungewollte Mitfahrt.

Ein bisschen anders verlief mein Ausflug zu einer Freundin, die in eine kleine Stadt in der Nähe von Prag umgezogen war. Sie bat mich, nicht wie sonst per Anhalter zu fahren. »Es lohnt sich doch gar nicht, für 30 Kilometer so ein Risiko auf sich zu nehmen – der Zug fährt jede halbe Stunde vom 4. Gleis des Hauptbahnhofs ab und in 30 Minuten bist du bei uns in Říčany«, sagte sie am Telefon.

Nach 30 Minuten kam die Schaffnerin – gerade in dem Moment, wo ich erstaunt die vorbeilaufende Tafel mit dem Namen Říčany beobachtete. Die Schaffnerin sah meiner Bestürzung schadenfroh zu und sagte dann siegessicher: »Wir sind ein Express, der erst in Benešov hält. Dieser Irrtum wird Sie ein Bußgeld von 20 Kronen kosten.«

»So viel habe ich nicht. Nur die zehn für die Rückreise«. Ich zeigte ihr den Inhalt meiner Geldbörse. Studenten waren halt immer knapp bei Kasse.

Die Schaffnerin aber offensichtlich auch, denn sie antwortete brüsk: »Dann geben Sie mir zumindest das.« Die Quittung dafür blieb sie mir schuldig, was sich kurz danach als fatal erwies. Sie stürzte plötzlich wieder in mein Abteil: »Es gibt einen Fahrkartenkontrolleur im Zug. Sie müssen weg!«

»Wie weg? Soll ich etwa aus dem Zug springen?«

»Na, Sie müssen weiter nach hinten, sonst kriegen Sie Probleme.«

Mir war schon klar, dass sie eher um sich fürchtete, denn selbst wenn unsere Rechnung offenblieb, könnte ich sie dem Kontrolleur ausliefern. Ich ließ mich aber brav in den hinteren Teil bugsieren.

Zum Glück fuhren wir gerade in den Bahnhof von Benešov ein. Die Schaffnerin öffnete noch während der Fahrt die Tür und ich fühlte mich wie in Hitchcocks Thriller »Im Schatten des Zweifels«, wo der mörderische Onkel seine Nichte aus dem Zug hinauszuwerfen versucht. Gut, dass ich nur eine leicht korrupte Bahnangestellte im Rücken hatte.

Den Weg zu meiner Freundin absolvierte ich – wie auch sonst – per Autostopp und niemand trachtete mir dabei nach dem Leben.

Mit dem Zug reiste ich dann nur für längere Distanzen, meistens mit Gitarre spielenden Freunden in die slowakischen oder gar rumänischen Berge – und dort waren wir sehr froh, wenn überhaupt irgendein Zug kam.

Aber die Bergbewohner der Karpaten waren sehr nett und trotz ihrer materiellen Not unglaublich großzügig und gastfreundlich: Sie luden uns immer zu ihrem Lagerfeuer ein und bestanden darauf, dass wir ihre Kuchen probierten, obwohl sie Mehl, Zucker, Milch etc. nur auf Rationen kaufen konnten – in Läden gab es sie überhaupt nicht.

Ganz andere Erfahrungen sammelten wir bei der sogenannten »Uni-Expedition Baikal«.

Nicht nur, dass wir am tiefsten See der Erde nur einen einzigen Tag verbringen durften, noch dazu unter ständiger Beschattung durch sowjetische Uniformierte. Das schlimmste sollte noch kommen: die mehr als dreitägige Bahnreise von Sibirien nach Moskau.

Statt wilder Taiga sahen wir durch die schmutzigen Fenster nur die unendlichen Reihen von Birken.

Mit Menschen kamen wir erst in der Millionenstadt Novosibirsk in Berührung, als wir endlich unsere heißen Coupés verlassen wollten, um kurz frische Luft zu schnappen. Da erfuhren wir sofort, was es bedeutet, irgendwo nicht erwünscht zu sein: fette Matronen, empört über unsere Shorts, nannten uns schreiend Prostituierte und jagten uns mit geballten Fäusten zurück in den überhitzten Zug.

Dieses unvergessliche Bild begleitete mich später noch im Zug in die Emigration – weg von einem Mann, den ich liebte, der aber schon eine Frau hatte, und hin zu einem Mann, den ich nur kurz kannte, mit dem ich aber doch eine neue Zukunft wagte.

Denn auch mich beschäftigte mit mehr als dreißig Jahren die Frage nach der womöglich »höchsten Eisenbahn«. Es war einfach an der Zeit, die Weichen neu zu stellen, und ich schaffte es, sozusagen in der letzten Minute noch in den richtigen Zug zu springen …

Als ein Jahr später die Berliner Mauer fiel, war ich schon im fünften Monat schwanger.

Unser privates Glück wurde durch die Lawine der politischen Geschehnisse natürlich noch verstärkt, so dass wir uns ganz spontan entschieden, schnell nach Berlin zu fahren, bevor die Mauer, die noch vor Kurzem von Erich Honecker als ewig proklamiert worden war, unter den Meißeln fleißiger Mauerspechte komplett verschwinden würde.

Die überall herrschende Euphorie ließ mich die Mühsal der Schwangerschaft völlig vergessen. Was aber zu beachten war: Wir reisten durch das immer noch sozialistische Land, in dem wir als Exilanten eigentlich nichts zu suchen hatten. Daher entschieden wir uns für die Zugreise, weil die viel zu individuelle Autofahrt noch riskanter schien, falls unterwegs in der DDR etwas passieren sollte.

Nach zweieinhalb Stunden erreichten wir die deutsch-deutsche Grenze. Man konnte sie nicht übersehen: weit und breit Stacheldrahtzäune, Wachtürme und entlang der Bahn graue Gebäude, ebenso mit Stachelkronen verziert.

»Jetzt sitzen wir hier fest«, sagte mein Mann lakonisch und dachte dabei bestimmt an den ewigen Albtraum aller Emigranten, die nicht mehr zurück in ihre Heimat durften, außer im Traum; nur dort konnten sie wieder ihre Geburtsstadt in der Sonne funkeln sehen, kurz danach aber auch die Grenzschranken, und zwar von der ungünstigen Seite. Dann wachten sie immer schweißgebadet auf, zum Glück aber doch in ihren Betten im Westen …

»Nun sind wir beide in anderen Umständen«, versuchte ich zu scherzen.

Tief im Innersten war mir jedoch auch angst und bange:

Auf dem Bahnsteig marschierte gerade ein Kommando mit Maschinengewehren auf und unter seinen Fittichen bestieg eine Kohorte Zoll- und Passbeamter den Zug. Einige von ihnen konnten es nicht lassen, böse Blicke um sich zu werfen, andere schauten eher gleichgültig in unsere Pässe und fügten nach der formalen Kontrolle ein Zettelchen mit dem DDR-Wappen und mit der Nummer unseres Reisepasses ein.

Wozu, blieb unbegreiflich, denn niemand wollte diese Karte mehr zurück.

Als ob die Genossen nur aus reiner Trägheit noch eine gewisse Aktivität zeigten, aber es ihnen eigentlich egal war, wer aus welchem Grund durch ihr Hoheitsgebiet reiste. Oder sollte die Karte unser Souvenir aus den alten Zeiten sein?

Die Fahrt durch das »brüderliche« Land, das uns früher ein Vorbild der Ordnung war, erschien jetzt trist. Die Umgebung setzte sich aus verschiedenen Grautönen zusammen, die dem grimmigen Himmel entsprachen.

Die Menge der rußenden Schornsteine verblüffte uns; früher hatten wir sie gar nicht wahrgenommen, denn bei uns gab es sie genauso. Oder die Schrotthalden und zerfallenen Gebäude entlang der Schienen.

Der traurige Anblick ließ unsere leeren Mägen sprechen. Im Speisewagen »bediente« aber ein Mann, dem die Arbeit offensichtlich keine Freude machte – umso weniger, je mehr Leute nacheinander kamen.

Zum Essen gab es eine undefinierbare Tagessuppe, Spiegeleier und einen braunen Würfel, der als Sachertorte verkauft wurde. Zum Trinken: Filterkaffee, Tee und Limonade. Beeindrucken konnte die Speisekarte nur durch ihre Preise – natürlich in DM.

Als eine Frau in der nicht durch Gold, sondern nur durch Arbeit gesicherten Ostwährung bezahlen wollte, musste sie erst beweisen, dass sie wirklich eine Ostdeutsche war. Nur dann zählte hier die Ostmark genauso wie die Westmark – und aus ihrem Trauma wurde ein Traum.

Hinter dem düsteren Potsdam wieder ein Gewirr von Stacheldraht und dann leuchtete schon in der Abenddämmerung West-Berlin, so wie es sich auch für ein kapitalistisches Schaufenster gehörte.

Zur Sicherheit blieben wir lieber das ganze Wochenende im Westteil der Stadt. Im Vergleich zu den Einheimischen, die schon langsam von all dem Andrang übersättigt waren, genossen wir die unglaublich freudige und freundliche Atmosphäre in vollen Zügen.

Um uns herum stand noch das Betonmonster, das früher so viel Schlimmes symbolisierte und jetzt peu à peu zu kleinen Erinnerungsstücken zerlegt wurde.

Leider mussten wir am Sonntag wieder nach Hause. Trotz der umstürzlerischen Ereignisse stellte die Deutsche (welche auch immer) Bahn nur wenige Nachmittagszüge zur Verfügung und keine direkten nach Frankfurt.

Also mussten wir einen Umweg über Hannover machen. Der Zug war rappelvoll, was in meinen Umständen alles andere als ideal war. Dennoch fand auch in diesem Andrang ein Schaffner den Weg zu uns und wir mussten zusätzlich 80 DM bezahlen, weil wir ungewollt eine längere Strecke fuhren. Als ob wir eine andere Wahl gehabt hätten!

Mit unserem restlichen Kleingeld machten wir uns Hoffnungen auf ein Süppchen im Speisewagen, einen freien Platz suchten wir jedoch vergeblich.

Was wir dort aber zu unserer Überraschung fanden, war das uns schon bekannte Personal, das genauso desinteressiert wirkte wie zwei Tage zuvor.

Zum Glück war der Enthusiasmus der Reisenden immer noch stark genug, dass sie über den Kellner eher witzelten als schimpften.

Als ein Student vorschlug, den Ober, der sich eher als Aufseher denn Diener aufführte, vielleicht mit einer Bestellung zu necken, fühlten wir uns wie in guten alten Studienzeiten, wo wir auch so gerne unangenehme Leute provoziert hatten.

Als wir dann noch zwei Plätze ergatterten, waren wir grenzenlos glücklich. Sogar der Kellner nahm uns wahr und schrie aus voller Kehle: »Das ist mein Bürotisch, dort ist keine Bedienung möglich!«

Aus allen Ecken schallte ihm höhnisches Gelächter entgegen.

Der weitere Zug von Hannover nach Fulda war dagegen fast leer, luxuriös – und fad. Gott sei Dank wurde von uns kein Luxuszuschlag verlangt. Erst der letzte Zug schien für normale Reisende gedacht zu sein.

Gegen Mitternacht erreichten wir endlich unser Zuhause. Dort schalteten wir noch die Fernsehnachrichten ein und erfuhren, dass inzwischen in unserer Heimat mit einem brutalen Polizeieinsatz die »Sanfte Revolution« ihren Anfang nahm …

~ * ~

Seitdem pendele ich zwischen Frankfurt am Main und Prag an der Moldau.

Mit den Kindern und all dem Kram, den wir immer mit uns schleppten, wurden Zugreisen ziemlich unpraktisch und ich war sehr froh, mit meinem Mann auch sein Auto geheiratet zu haben – so tapfer wie meine Mutter in meiner Kindheit musste ich nicht mehr sein.

Und als später beide Töchter unseren Haushalt verlassen hatten und ich mich der Arbeit als Reiseführerin widmete, war ich vor allem auf den Bus angewiesen.

Nur bei der ersten Reise – wahrscheinlich um mich zu locken – schickte mich meine tschechische Reiseagentur per Flugzeug nach Neapel, dort aber mussten wir nach Pompei doch mit dem Zug fahren.

Auf meine Frage, wie lange wir zum nahen Bahnhof brauchen, antwortete der Hotelrezeptionist mit einem Lächeln: »Non sono più di quattro minuti« (Es sind nicht mehr als vier Minuten).

In Kenntnis des Zeitgefühls der Südländer rechnete ich mit mindestens fünfzehn Minuten, trotzdem reichte es nicht und wir mussten die letzten Meter sehr schnell rennen, um den Zug nicht zu verpassen.

Denn die Italiener nehmen es nicht nur mit der Zeit, sondern auch mit den Zahlworten nicht wirklich ernst: quattro benutzt man im Sinne unseres »ein paar«. Wenn also Italiener sich auf quattro chiacchiere treffen, kann man sicher sein, dass sie tausendmal mehr Wörter zum Schwätzchenhalten benutzen als nur vier.

Wie sich mein Leben unaufhaltsam seinem Ende nähert, kommt mir immer öfter die Metapher des langsam abgefahrenen Zuges in den Sinn. Noch schlimmer jedoch wäre es, auf dem Abstellgleis zu landen!

Manche älteren Leute behaupten, mit der ablaufenden Zeit gelassener, sogar glücklicher zu werden. Ich kann es kaum nachvollziehen. Für Gelassenheit fehlt mir die Geduld und am Glücklichsein hindert mich das tägliche Übermaß an schlechten Nachrichten über Katastrophen aus aller Welt.

Trotzdem kann ich mich ihnen nicht entziehen – über Politik will aber kaum jemand mehr sprechen, und wenn doch, dann kommt früher oder später der unüberwindliche Unterschied zwischen unseren Biographien dazwischen.

Das gilt genauso für die Deutschen, die nicht meine Erfahrungen aus dem Leben im Sozialismus haben, wie für die Tschechen, von denen ich mich gewollt oder ungewollt nach den Jahren im Ausland in manchem auch mental entfernte.

Umso lieber komme ich ganz spontan ins Gespräch mit wildfremden Leuten auf Reisen.

Der öffentliche Nahverkehr ist dafür leider kaum geeignet: zu kurze Linien, noch dazu viel zu teuer, wenn man als Alternative ein Fahrrad hat.

Der Fernbus ist schon besser, nur fühlt sich der Kontakt dort für eine längere Zeit manchmal doch viel zu eng an.

Also zurück zum Zug.

Meiner Umstellung auf die Schienen half schließlich auch der allgemein marode Zustand der Autobahnen, der jede Busreise ins Unendliche zog und meinen ähnlich maroden Gliedern gar nicht gut tat: Arthrose braucht Bewegung, kein ausgedehntes Herumsitzen.

Dabei kam mir kurz nach der Coronapandemie ein fast unverschämtes Angebot entgegen: eine Zugreise in der 1. Klasse von Prag an der Moldau nach Frankfurt am Main, teilweise entlang der Elbe. So viel Heimatkunde für eine Geografin – einfach unschlagbar!

Die Sonne strahlte um die Wette, die anderen Passagiere konnte ich an einer Hand abzählen. Luxus pur. Sogar ein Mittagessen wurde mir persönlich angeboten. Schade, dass ich mich vorher wie immer mit Pausenbroten ausgerüstet hatte.

Wir fuhren durch die majestätische Porta Bohemica.

Die märchenhafte Landschaft zog an den Fenstern vorbei und ich genoss die perfekt beleuchtete Filmkulisse: Rechts schlang sich das sattgrüne Elbtal, hinter ihm erhoben sich die mit Weinbergen bedeckten Hügel und links das steile Gefälle des Böhmischen Mittelgebirges.

Malerische Weindörfer in einer weißen Flut blühender Obstbäume säumten die Bahnstrecke wie Kirschen auf der Schwarzwaldtorte.

Die ehemalige Sudetengrenze zwischen mehrheitlich deutschen und eher tschechischen Siedlungen war nach so vielen Jahrzehnten nicht mehr bemerkbar, nicht einmal an der Staatsgrenze war der Unterschied auf den ersten Blick zu sehen. Erst auf den zweiten, wenn man die Inschriften auf den Schildern sah.

Wie schön, dass niemand mehr auf andere schießt oder sie für Republikflucht inhaftiert. Schade, dass ich im fast leeren Wagon meine tiefe Zufriedenheit über all die positiven Entwicklungen mit keiner Person teilen konnte. Es wäre mir nämlich peinlich, ungefragt jemanden mit meiner Freude zu belasten.

Mich hüllte schon fast der Schlaf ein, als eine stramme Schaffnerin vor mir erschien.

Schläfrig begann ich meinen Rucksack zu durchwühlen – und da wurde mir plötzlich klar, wo meine gedruckte Fahrkarte blieb und warum. Nämlich in einer Handtasche, die ich stets nur in Prag trug.

Da ich vor Ort keinen Drucker hatte und mein Denken eher analog als digital blieb, ließ ich mir zur Sicherheit das eTicket bei Freunden ausdrucken.

Papier ist Papier: jedem noch so schlauen Smartphone könnte auch mal der Saft ausgehen …

Mit einem Seufzen griff ich jetzt doch nach meinem smarten Handy und blätterte hoffnungsvoll durch meine E-Mails … Hurra, ich fand endlich die richtige Nachricht, jetzt nur noch die dazugehörige Anlage öffnen … Das Rad auf dem Display drehte sich so lange im Kreis bis sich dort abrupt eine totale Finsternis ausbreitete …

Ich schaute erschrocken zu der Schaffnerin, deren professionelles Lächeln inzwischen aus dem Gesicht verschwunden war. Es blieben nur noch zwei eiskalte graue Augen, die immer enger wurden … Ihrem sorgfältig gekämmten Haarknoten entkamen einige ungezähmte Locken und verwandelten sich rasch in eine prächtige Löwenmähne.

Panik ergriff mich. Ich sprang auf und lief um mein Leben zum Zweite-Klasse-Wagen, wo ich mir mehr Leute und damit auch Tarnung erhoffte.

Eine kluge Reaktion. Es gab sie da wirklich, nicht allzu viele, aber auch nicht zu wenige. Wie eine Gazelle bahnte ich meinen Weg durch die zunächst trägen Menschen, die aber langsam aus ihrer Benommenheit zum Leben erwachten.

Genau nach den Regeln der Verfolgungsjagd im Film begannen sie, mich anzufeuern und mich gegen eine uniformierte und daher feindselige Person zu verteidigen. Sie warfen der immer wütender werdenden Schaffnerin ihre Rucksäcke, Brotbüchsen und Obstbeutel vor die Füße.

Eine Rentnerin vergaß sogar ihre eingeschränkte Beweglichkeit und begann die arme Frau abwechselnd mit ihrer Handtasche und ihrem Gehstock zu schlagen.

Völlig überrascht von dem Volksaufstand, den ich unter den Passagieren verursacht hatte, und allmählich von meiner unverhofften Macht überwältigt, hielt ich meinen Siegeszug durch die Gänge an und wandte mich furchtlos meiner Verfolgerin zu.

Inmitten der ausgebrochenen Revolte fand ich den Mut, ihr meine Stirn zu bieten. Ich schaute triumphierend in die Menge und sah die höchst aufgeregten Leute, die viel zu lange unter der Knute inhumaner Pandemieregeln zu leben hatten, zigmal mit Impfspritzen durchbohrt wurden und ständig lange auf ihren Zug warten mussten …

Ich fühlte mich wie Marianne, die auf dem berühmen Gemälde von Eugène Delacroix mit Flagge und enthülltem Busen zum Kampf führt …

Bevor ich begann, meine Bluse ebenso wild aufzuknöpfen, schaute ich noch einmal in die wütende Meute, die hungrig und Blut riechend auf ihre Beute wartete.

Noch einmal musterte ich mit eiskaltem Blick meine Gegnerin – und was sah ich jetzt? Statt einer angreifenden Raubkatze nur noch eine verzweifelte Frau, die die Welt um sich herum nicht mehr verstand. Ihre verschwitzten Haarsträhnen hingen hinunter und ihre Kappe – die Quelle ihres Selbstvertrauens – hatte sie unterwegs längst verloren.

Sie stand vor mir wie ein Haufen Elend, statt Blitze nur noch Tränen in den Augen.

Auch das Eis unter meinen Augenwimpern begann zu schmelzen.

Der Geist der kämpferischen Marianne verließ mich völlig und es blieb nur Mitgefühl: Schließlich wollte diese Frau nichts anderes als ihrer Pflicht nachzugehen …

Jemand berührte sanft und taktvoll meine Schulter.
»Entschuldigung, dass ich Sie störe. Ihre Fahrkarte, bitte.«

Ayla Bonacker

Und da kam der Schaffner

Es gab Streit um eine Scheibe Toastbrot zwischen mehreren gurrenden Tauben, als ich am Frankfurter Hauptbahnhof um 11:30 Gleis 16 betrete, um den Zug nach Hamburg-Altona zu erreichen.

Die Frankfurter Bahnhofshalle unter ihrer Kuppel erinnert mich nach tagelang quälender Hitze an ein türkisches Hammam, auch wegen all der gedämpften Stimmen. Bahnhöfe sind für mich wie Theaterbühnen, ich beobachte gerne das bunte Treiben um mich herum.

Von den Gleisen her hört man Lautsprecheransagen über Ankünfte und Abfahrten, währenddessen gestikuliert ein am Boden liegender Obdachloser laut mit sich selbst.

Menschen schlängeln sich eilend mit Reisegepäck durch, manche mit Hunden, hin und her zwischen Pommes- und Würstchenbuden, das Aroma von Fett und Curry liegt in der Luft. Ach, bei dieser pulsierenden Stimmung des Bahnhofs bekomme ich sofort Fernweh.

Ich freue mich schon auf diese Stadt, ihr charmantes, maritimes Flair und die köstliche Hamburger Aalsuppe. Welch eine Aufregung! Ich beeile mich, zu meinem reservierten Platz am Fenster zu gelangen.

Eine Zugfahrt trägt immer ein Geheimnis mit sich und kann jederzeit zu einem sonderbaren Ereignis werden. Schon beim Erzählen erschaffen wir pure Freiheit, indem wir eine neue Welt ins Leben rufen.

Eine Familie mit vier Kindern, die sich an ihre McDonalds-Tüten festklammern, steigt ein und nimmt ganz vorne Platz. Auf der linken Seite des Abteils sehe ich einen jungen Mann in seinen

Fünfzigern, er trägt Brille und eine Kappe. Rasch hebt er seine Reisetasche auf die Gepäckablage, dabei rutscht sein T-Shirt hoch. Ich lese »Calvin Klein« auf dem Rand des Gummizugs seiner Unterhose.

Es geht los, der Zug fährt erst langsam, dann rast er mit unheimlich hoher Geschwindigkeit, so dass ich einen Druck auf die Ohren spüre. Die Landschaft draußen fließt und fließt vorbei. Links von mir sitzt ein Sikh unter einem orangeroten Riesenturban, den er trostlos hin und her schwenkt. Meditiert er etwa gerade? Er duftet nach Moschus.

An dem vorbeikommenden Getränkewagen kaufe ich mir eine Dose Bier und ein Tütchen Erdnüsse.

Wie lange ich geschlafen habe, weiß ich nicht, aber hinter meinem Sitz klingelt ein Handy. Ich höre, wie eine Frau leise antwortet, sie redet in meiner Sprache. Kurz drehe ich mich zu ihr um und sehe eine rothaarige junge Frau, in deren Gesicht gerade ein Lächeln aufblitzt.

»Ja, ja«, sagt sie. »Also, meine Großmutter hat damals erzählt, dass, wenn der Ehemann Potenzprobleme hat …«

Ich spitze die Ohren.

Der Zug rast immer weiter, wie auf ungewisser Reise, als gäbe es keine Wiederkehr.

»Nächster Halt: Kassel Hauptbahnhof. Ausstieg in Fahrtrichtung rechts.«

Dann fängt der Sikh neben mir auch an zu telefonieren. »Hallo Nameeste. Schon lange nicht gesehen. Kochst du heute Abend? Ja? Ich gebe dir ein Rezept aus Nepal: Linsen, Reis, Ziegenfleisch, Zwiebel, Tomaten und Paprika.

Ja, je nach dem. Zum Würzen nimmt man eine Gewürzmischung aus der indischen Küche. Garam Masala.

Du kennst den Inhalt nicht? Die Zutaten sind Pfeffer, Kreuzkümmel. Kardamom, Muskat, Zimt, Nelke, Koriander, Knoblauch, Chili und Lorbeer.«

Hinter mir faselt die Frau immer noch wie im Rausch über magische Techniken im Bett.

Energisch steigt eine Gruppe Fußballhymnen grölender Jugendlicher und ein Mann mit furchterregender Miene ein, der mir gegenüber Platz nimmt.

»Eine angenehme Reise!«, wünscht er mir mit einer hochgezogenen rechten Augenbraue.

Sein Gesicht erinnert mich an ein surrealistisches Portrait. Er ist um die sechzig, seine grauen Haare hat er zu einem Pferdeschwanz gebunden und es liegt das Funkeln eines bösen Blickes in seinen halbgeschlossenen Augen. Er trägt ein weißes T-Shirt mit einer aufgedruckten Schwalbe und eine graue Jogginghose.

Ich lache innerlich, weil ich mich an den Spruch des Modeschöpfers Karl Lagerfeld erinnere: »Wer eine Jogginghose trägt, hat die Kontrolle über sein Leben verloren.«

Mein Blick fokussiert sich auf seine Füße und ich erschrecke wegen seiner langen Zehennägel, die ähnlich wie Korkenzieher aus den offenen Sandalen herausragen.

Selbstbewusst dreht er sich eine Zigarette und ein betäubender, außergewöhnlicher Rauch macht sich breit. Der Sikh neben mir wird unruhig, stöhnt und hustet protestierend.

»Eine Durchsage: Das Rauchen im Zug ist nicht gestattet.«

Der Mann raucht trotzdem zu Ende.

Ab und zu rast ein anderer Zug an uns vorbei, so dass man den Eindruck bekommt, als würden beide Züge sich beinahe berühren. Die Landschaft draußen fließt immer noch vorbei.

Und dann kommt der Schaffner. Ein korpulenter Mann mit großen schwarzen Augen, einem kleinen Fischmund und spitzen Fischzähnen.

»Fahrkartenkontrolle!«.

Ungeduldig wartet er, während ich nach dem Gewünschten in meiner Tasche krame. Der komische Typ mir gegenüber schaut mich misstrauisch und böse an, als hätte ich vor, den Zug zu entführen. Endlich finde ich die Fahrkarte in meiner Kosmetiktasche zwischen Lidschatten und Lippenstiften.

Der Böser-Blick-Mann liest ein Buch mit dem mystischen Titel »Alraune«.

Ich drehe mich zum Fenster und, während die Welt an meinen Augen vorbeizieht, löst das Buch in mir ein Kopfkino aus. Mir fällt das Video von Harry Potter und den Alraunen ein, das ich mal auf YouTube gesehen habe. Nach dem Film war ich sehr neugierig auf diese Pflanzen und ich erfuhr viele grausame Sachen.

Die Alraune ist die Wurzel des Grauens. Die Alraune ist ein Horror, wirklich. Die Alraune ist ein Pflanzenmonster.

»Nächster Halt: Hannover Hauptbahnhof. Ausstieg in Fahrtrichtung rechts.«

Damals war es verbreiteter Glaube, dass die Pflanze in Sonderheit an Galgenplätzen gedeiht – gezeugt aus dem Samenerguss eines gehenkten Mannes. So ist sie, die mystische Pflanze Alraune, deren Wurzeln aussehen wie ein menschlicher Körper.

Die Wurzel fängt grässlich an zu schreien, wenn man sie aus dem Boden reißen will. Während sie herausgerissen wird, ächzt, heult und schreit sie so entsetzlich, dass derjenige, der sie ausgräbt, bald sterben muss.

In der griechischen Mythologie gilt sie als Pflanze der Wollust, mit der Circe, die Zauberin, Odysseus eine Falle stellt und ihn erobert.

Ich pendle zwischen Albtraum und Wirklichkeit und nehme meine Umgebung benebelt wahr. Wenn ich nur meine Augen öffnen könnte! Ich merke, wie wir uns alle in Richtung Unendlichkeit bewegen.

Der Sikh in meiner Nähe brabbelt unverständliche Wörter.

Bei dem Versuch, mich aufzurichten, sacke ich wieder auf meinen Platz zurück. Eine unerträgliche Übelkeit überkommt mich und ich taumle in einen bodenlosen Abgrund. Komisch. Der Zug hält an.

»Eine Durchsage – Sehr geehrte Fahrgäste, aufgrund eines technischen Defektes verzögert sich unsere Weiterfahrt auf unbestimmte Zeit.«

Die Lichter im Zug gehen aus.

Während der Durchsage wird es still im Zug. Als ich meine Augen öffne – oh mein Gott! – ist der Wagen menschenleer. Niemand ist da.

Auf dem Handy versuche ich, meine Schwester zu erreichen, die mich am Bahnhof in Hamburg abholen will – kein Empfang. Die Leitung ist tot.

Erschrocken laufe ich ins andere Abteil, das Bordrestaurant. Keine Spur von Reisenden, aber dafür liegen zurückgelassene Hand- und Reisetaschen, Handys, Brillen und Schuhe verstreut auf dem Boden. In der Ecke sehe ich Kinderbücher, die meiner Ansicht nach der Familie mit den vier Kindern gehört haben müssen.

Alle Türen stehen offen, und es ist, als sei die Zeit stehengeblieben. Was zur Hölle ist hier passiert?

Verwirrt steige ich aus dem Zug und raste erst mal unter der blendenden Sonne aus.

An die Gleise grenzt ein Sonnenblumenfeld, von Unkraut überwuchert. Ich bin mutig genug, um in dem Feld umherzustreifen.

Sofort sehe ich zerrissene Kleidungstücke am Boden, darunter das T-Shirt mit der Schwalbe und dann, ein paar Meter entfernt, den orangeroten Turban, der nicht zu übersehen war.

Ein ganz mieses Gefühl überkommt mich. Weit entfernt sehe ich das Meer, dessen Farbe mich an das Auge eines toten Haies erinnert. Flatternd landet eine Amsel vor mir, plustert ihr Gefieder auf und singt.

Als ich mich umdrehe, sehe ich den verlassenen Zug.

Er sieht aus wie ein hundertbeiniger Drache, mitten im Sonnenblumenfeld. Prompt verschwindet die Sonne hinter schwarzen Wolken, in denen Möwen hin und her rasen, wie kleine weißleuchtende Blitze.

Der Wind trägt ein ängstliches Klagen zu mir herüber. Die Schreie der Möwen gleichen einer schmerzerfüllten weiblichen Stimme.

Eine Erscheinung schwebt lautlos wie ein Phantom an mir vorbei und raubt mir den Atem. Ich werfe mich nieder, neben eine Reihe wilder Tulpen. Vor meinen Augen sehe ich Gespenster umhergeistern. Vergebens bemühe ich mich aufzustehen, denn die Erde unter mir knurrt wie ein wütendes Lebewesen.

Scharen von Schwalben fliegen über mir und setzen, Kreise drehend und durcheinander, zum Sturzflug über meinem Kopf an. Sie steigen zum Himmel empor und beobachten mich aus der Höhe. Immer wieder ertönt von ihnen auf selber Tonlage ein verrücktes, quietschendes Crescendo:

Ziiiiiiii!

Mein Blick fokussiert sich auf einen Stachelkäfer. Das Insekt liegt rücklings auf dem Boden, rollt sich zusammen, macht einen kräftigen Sprung in die Luft und dreht sich dann um die eigene Achse, als sei es ein wahrer Akrobat. Nach vollendeter Drehung krabbelt der Käfer langsam zu einer merkwürdigen Pflanze, die ihre riesigen Blätter wie ein flehender Gefangener nach ihm ausstreckt.

Ich traue meinen Augen nicht! Es ist eine Alraune.

Oh mein Gott! Aus der Tiefe der Alraunenwurzeln erklingen dumpf ratternde Geräusche und ächzende, entsetzliche Schreie. Unter der Pflanze versteckt sich ein anderes Krabbelwesen, das mich aufspringen lässt und dann in eine Schockstarre versetzt.

Ein Monster. Das Insekt schleicht langsam heraus. Wie ein Skorpion hat es Greifzangen und Stacheln an den Beinen, um die sich ein blaues Spinnennetz verwickelt hat. Zuerst grapscht es ziellos herum und lauert auf Beute.

Ich will schreien, bekomme aber keinen Ton heraus. Es tänzelt unter den breiten Blättern der Alraune hervor, verharrt in einer Stellung und …

Zack!

… rammt es meinen linken Fuß und schlingt seine monströsen Krallen um mein Fußgelenk.

Ich schreie fürchterlich, als mein Körper von starken Schmerzen erfasst wird, und kippe bei meinem Fluchtversuch zur Seite.

Meine rechte Hand bekommt einen am Boden liegenden, faustgroßen Steinbrocken zu fassen, mit dem ich immer wieder auf die stacheligen Beine des Wesens einschlage, immer und immer wieder.

Der letzte Schlag erzeugt einen unerträglichen Klagelaut und ein …

Knack!

… wie bei einem abbrechenden Zweig. Graue Flüssigkeit spritzt aus seinem Bein, das mich zuvor im Griff hatte, hervor und ich entreiße ihm meinen Fuß.

Ein Blutschwall ergießt sich über meinen Knöchel. Mit aller Willenskraft schaffe ich es, meine Beine zu bewegen und in Richtung Zug zurückzurennen.

Das heisere Schreien der Schwalben kommt immer näher, lauter und schriller …

Ziiiii!

Aus heiterem Himmel erhebt sich ein starker Wind und ich vernehme noch während meiner Flucht das Knistern des Sonnenblumenfelds.

Stolpernd drehe ich mich um und sehe, dass das Monster mir folgt, und sogar noch schlimmer, dass mehrere seiner Art ihm in einer Horde folgen. Ich werde Zeuge einer Metamorphose. Die Insekten verdoppeln ihre Größe, und ihre Bäuche beben, hungrig nach warmem, frischem Blut.

Trotz seines gebrochenen Beines holt mich das Monster rasch mit einer geschickten Bewegung ein, packt mich diesmal an meinen Schultern und schüttelt mich, schüttelt mich, schüttelt mich.

Ich schaue in seine kalten, großen Augen und sehe seinen kleinen Fischmund mit spitzen Fischzähnen.

Joana Rays

Thalea oder die fünfte Dimension

Ich bestieg den Zug nach Wien mit einer Mischung aus freudiger Erregung, Neugier und einem nicht unerheblichen Maß an Nervosität. Als Wissenschaftsjournalistin empfand ich es als große Ehre, dass ich einen der diesjährigen Nobelpreisträger für Quantenphysik interviewen durfte. Anton Zeilinger, Professor an der Universität Wien, schuf mithilfe von Laserlicht verschränkte Photonen, Lichtteilchen. Bei dieser rätselhaften Verbindung zwischen zwei Teilchen nehmen diese, unabhängig von ihrer Entfernung, einen identischen Zustand ein. Zeilingers Forschungsgruppe gelang es, das Phänomen der Quantenteleportation nachzuweisen. Dies brachte dem Nobelpreisträger in Anlehnung an die Science-Fiction-Serie »Star Trek« den Spitznamen »Mr. Beam« ein.

Mit 46 Jahren, von denen ich die letzten 10 bei einer führenden naturwissenschaftlichen Zeitschrift gearbeitet hatte, stellte dieser Auftrag den Gipfel meiner journalistischen Karriere dar. Nachdem ich meinen reservierten Sitzplatz an einem Vierertisch am Fenster eingenommen hatte, wollte ich noch einmal die Fragen im Kopf durchgehen, die ich dem berühmten Wissenschaftler stellen wollte … wobei solch intellektuell innovative und kreative Menschen ja leider nur in Fachkreisen bekannt waren, wie ich immer wieder seufzend feststellen musste.

»So, konzentriere dich, das wird das wichtigste Interview deiner bisherigen Laufbahn. Das muss einfach optimal laufen. Oh, bitte, lass es perfekt werden!«, flehte ich inständig. Ja, wen flehte ich da eigentlich an? Eine Gottheit, die am Ende alles zum Besten richten würde, die dem Menschen seinen freien Willen und die

Verantwortung für sich selbst und andere abnahm? Obwohl ich glaubte, dass wir selbst es waren, die unser Schicksal und das der Welt mitbestimmten, verfiel ich doch immer wieder in die Rolle eines unreifen Kindes, das Sicherheit außerhalb seines Selbst suchte, weil es sich unfähig fühlte, selbst die Verantwortung zu tragen. »Nun, sei gnädig mit dir, du bist nicht die Einzige, die aus einer Jahrtausendealten Tradition heraus reflexartig mit dem Stammhirn anstatt wohlüberlegt mit der Großhirnrinde reagiert«, versuchte ich mich zu entschuldigen. Und genau darin lag das Problem der Menschheit, unserer Erde, die wir uns unrechtmäßig einverleibt und ausgebeutet hatten. Wie viele aufschlussreiche Interviews hatte ich darüber mit Klimaforschern, Umweltministerien, Pressesprechern von internationalen Großunternehmen etc. geführt. Auch die vielen Kriege weltweit waren Ausdruck eines egozentrischen und Verantwortung ablehnenden Weltbildes, das nicht nach gemeinsamen Lösungen, sondern nach Sündenböcken und Feinden im Außen suchte. Während der Feind im eigenen Inneren geleugnet wurde.

»In Kürze erreichen wir Nürnberg Hauptbahnhof. Sie haben folgende Umsteigemöglichkeiten …«, ertönte die Stimme des Schaffners aus dem Lautsprecher und erinnerte mich an meinen Auftrag. Ich holte mein Tablet hervor und wandte mich meinen Notizen zum bevorstehenden Interview zu.

Kurz nachdem wir in Nürnberg gehalten hatten, erschien eine sichtlich abgehetzte Frau mittleren Alters mit dünnen, strähnig fettigen grauen Haaren vor meinen Augen und platzierte sich ausgerechnet mir gegenüber. Na toll! Zu allem Überfluss wollte sie auch noch Konversation mit mir betreiben: »Finden Sie nicht auch, dass die Umsteigezeiten der Deutschen Bahn viel zu knapp berechnet sind?«, echauffierte sie sich. Ich hatte weder Lust mich mit ihrem Ärger zu solidarisieren noch Konversation zu betreiben. Schon gar nicht mit einer so ungepflegten Person, die bei mir ohnehin schon genug unangenehme Empfindungen auslöste. Also ignorierte ich sie, indem ich so tat, als hätte ich sie nicht gehört und ging in Gedanken den geplanten Ablauf meines Interviews durch.

Nach einem kurzen Smalltalk zur Auflockerung und Fragen zu den bahnbrechenden Erkenntnissen im Bereich der Quantenphysik, wollte ich eine Frage stellen, die mir persönlich brennend auf dem Herzen lag. Dass kleinste Teilchen, wie Elektronen oder Photonen (Lichtteilchen), dem Welle-Teilchen-Dualismus unterliegen, also sowohl als Teilchen als auch als Welle agieren können, war ja bekannt. Auch, dass sie verschiedene Quantenzustände einnehmen und sich damit gleichzeitig an verschiedenen Orten aufhalten können. Aber dass es möglich war, einen Quantenzustand von einem Teilchen auf ein anderes zu übertragen, das sich in einer gewissen Entfernung befindet, das war einfach revolutionär! Meine Frage war also: Welche Auswirkungen könnten die quantenphysikalischen Gesetze auf ganze Atome, Moleküle oder gar auf komplexe Organismen haben? Das war die eine Masterfrage, auf die mein Interview hinauslaufen sollte. Wäre es tatsächlich irgendwann in der Zukunft einmal möglich, komplexe Organismen wie den Menschen einer Teleportation wie bei der Science-Fiction-Serie »Star Trek« zu unterziehen? Ich war sehr gespannt, welche Antwort ich bekommen würde.

Jäh wurden meine aufregenden Gedanken durch einen abrupten heftigen Ruck unterbrochen, der den Zug erschütterte. Ich dachte noch: »Oh mein Gott, jetzt fliegst du gleich deinem Gegenüber entgegen und knallst mit ihr zusammen. Dieser ungepflegten Frau mit den fettigen Haaren!« Wie konnte in einem lebensbedrohlichen Moment wie diesem ein Kontakt mit fettigen Haaren mein größtes Problem darstellen? Unglaublich, dass ich überhaupt Zeit fand, in aller Seelenruhe solch besinnlichen Gedanken nachzugehen, obwohl nur ein Bruchteil einer Sekunde vergangen war! Ich hatte schon oft über die Leistungsfähigkeit des Gehirns in Extremsituationen gelesen, aber es war etwas anderes, das am eigenen Leib zu erfahren.

Seltsamerweise kam es nicht zum gefürchteten Zusammenstoß mit jener Frau, sondern ich wurde in einen spiralförmig sich bewegenden Lichttunnel gesaugt. Mein Körper wurde nun in rasanter Fahrt in eine Kreisbewegung befördert, so als befände ich mich im Schleudergang einer Waschmaschine. Oh mein Gott, was passierte hier! Ich wurde von Panik überfallen und dachte, mein letztes Stündlein hätte geschlagen. In meinem Kopf drehte sich alles. Ich sah lauter bunte Farben. Es war, als würde ein Regenbogen um mich herumwirbeln. Mir wurde übel. Diese wilde Karussellfahrt weckte seltsamerweise aber auch euphorische Gefühle in mir. Auf einmal verschmolzen die Farben miteinander und ich sah strahlend weißes Licht, auf das ich mich zubewegte.

Ich landete schließlich ziemlich benommen, aber sanft auf einer Wiese. Mir war speiübel und in meinem Kopf drehte es sich immer noch. Es dauerte eine ganze Weile, bis ich mich einigermaßen erholt hatte. Wo war ich? Ich schaute mich um. Die Wiese war eine Lichtung in einem Wald mit Baumarten, die ich noch nie gesehen hatte. Die Bäume ragten viele Meter weit in den Himmel und trugen riesige leuchtend grüne Blätter in allen möglichen Grünschattierungen. Vögel zwitscherten auf eine sehr melodische, fremdartige Art und Weise. Das Seltsame war, dass ich ihre Sprache verstehen konnte. Ich vernahm deutlich die Worte: »Willkommen in unserer Welt!«

Um mich herum hatten sich inzwischen menschenähnliche Wesen versammelt und betrachteten mich. Sie sahen aus wie Menschen, nur dass sie viel größere Ohren und Augen besaßen. Eine ältere Frau mit langen weißen Haaren und kaffeebrauner Haut in einem weißen Kleid löste sich aus der Gruppe und trat zu mir: »Mein Name ist Dara. Wir haben dich erwartet. Wie schön, dass du da bist.«

Dara kannte ich aus dem Hebräischen. Der Name stand für Weisheit und Mitgefühl und bedeutete auch »Perle der Weisheit«. »Na, wenn das nicht ein Zeichen ist«, dachte ich bei mir.

»Ich heiße Jalma.« Das war ein hawaiianischer Name und bedeutete »die Wahrheitssuchende«. Meine Eltern schienen geahnt zu haben, dass ich mein Leben dieser Suche verschrieben hatte. Dara hielt ihre Hände wie beim Namaste vor ihr Herz. Sie öffnete ihre Handinnenflächen dann v-förmig vor mir und begrüßte mich interessanterweise auf Aramäisch, in der Sprache, die Jesus gesprochen hatte: »Schlomo!« Es bedeutete »Ich komme in Frieden«.

Ich rappelte mich noch etwas benommen vom Boden auf, legte meine Handinnenflächen auf die von Dara und erwiderte: »Bscheino!«, was »Ich begrüße dich in Frieden« hieß. Dieses Begrüßungsritual hatte ich mal von einer Aramäerin gelernt.

Während der Berührung unserer Finger fühlten wir gegenseitig eine innige Verbindung unserer Herzen. Ich konnte fühlen, was Dara fühlte und ich war wie ein offenes Buch für sie. Dara war von tiefer Freude erfüllt, mich kennenzulernen und mir ihre Welt zeigen zu dürfen. Sie spürte sicher meine Verwirrung und Aufregung. Dann führte Dara ihre Hände vors Gesicht und streifte einen symbolischen Schleier vom Gesicht ab, um mir ehrlich und in Liebe gegenüberzutreten. Auch ich nahm den Schleier von meinem Gesicht. Danach verneigten wir uns voreinander in Namaste-Haltung, mit unseren Händen vor unseren Herzen. Die Verneigung galt nicht nur dem Gegenüber, sondern war auch eine Verneigung vor sich selbst.

»Ihr habt mich erwartet? Wo bin ich?«, fragte ich nach einer kleinen Pause. Alles schien hier sehr entschleunigt vonstattenzugehen.

»Du befindest dich in einer Parallelwelt, in einer parallelen Wirklichkeit. Wir nennen unseren Planeten Thalea oder die fünfte Dimension.«

»Gibt es hier mehr Dimensionen als auf der Erde?«

»Ja, ihr kennt nur vier Dimensionen, die drei Raumdimensionen und die Zeit. Wir leben noch in einer weiteren Dimension.«

»Und was ist das für eine?«

»Das ist schwer zu erklären, aber du wirst sie kennenlernen bzw. das hast du schon. Du kannst hier unsere Sprache verstehen, obwohl wir aramäisch sprechen, nicht wahr? Und du kannst die Sprache der Tiere verstehen. Du hast gehört, wie die Vögel dich begrüßt haben.«

»Ja, erstaunlich! Ich würde gerne wissen, wie das funktioniert. Aber ich kann nicht lange hierbleiben. Ich muss zu einem wichtigen Interview.«

»Das wissen wir.«

»Ihr wisst das?«

»Ja, in unserer Welt, genauso wie in allen anderen Welten, auch in der euren, ist alles mit allem verbunden. Euch dämmert langsam, dass das so ist. Aber ihr habt eure Empfangskanäle auf der Erde noch nicht weit genug entwickelt, um es auch deutlich mit euren Sinnen wahrzunehmen.«

»Wenn ihr wisst, dass ich ein wichtiges Interview zu führen habe, dann wisst ihr auch, dass ich zurückmuss.«

»Müssen tust du gar nichts. Es steht dir frei, jederzeit zu gehen, wenn du willst. Du bist hier, weil du hier sein wolltest, weil du Antworten suchst. Du wolltest zum Beispiel wissen, ob eine Teleportation für Menschen möglich ist. Jetzt weißt du es. Aber keine Sorge, du kommst rechtzeitig zurück zu deinem Interview. Die Zeit verstreicht nicht auf der Erde, während du hier bist. Jetzt komm erst einmal mit, iss mit uns und lerne uns und die fünfte Dimension kennen.«

Dara und die anderen führten mich zu ihrem Dorf bzw. zum Dorfplatz, auf dem schon das Essen angerichtet worden war. Der Platz war von den Blättern der im Kreis stehenden Bäume überdacht. Ich nahm an, dass man so vor Regen geschützt war, denn die Blätter waren Teller-groß und überlappten einander. Die Behausungen ringsum waren aus Bambusrohr erbaut und mit Palmwedeln abgedeckt. Auf dem Boden des Platzes lag eine riesige Matte aus Naturfasern. Mit bunten Symbolen bestickte runde Sitzkissen waren in einem großen Kreis angeordnet. In der Mitte des Kreises befand sich ein reichhaltiges Menü aus verschiedenen mir teilweise unbekannten Gemüsesorten. Selbstgebackenes, frisches Brot duftete himmlisch. Man bat mich Platz zu nehmen und so setzte ich mich auf eines der bunten Kissen. Nun setzten sich auch die anderen Frauen, Männer und Kinder in den Kreis. Dara nahm neben mir Platz, breitete ihre Hände aus und sprach: »Danke, heilige Mutter Erde, für die Gaben, die du uns geschenkt hast. Danke für das Leben, dass du mit deinen Früchten spendest. Danke den Pflanzen, die ihre Lebensenergie in uns fließen lassen. Deine Nahrung, heilige Mutter, möge die Erde in uns beseelen, damit wir die Weisheit fühlen, die alles trägt. Wir wollen nur das von dir nehmen, was wir zum Leben brauchen. Gewähre uns täglich, was wir an Brot und Einsicht brauchen. Amên.«

Kurz darauf griffen alle zu, so auch ich. Diese rasante Fahrt durch das Portal in eine andere Dimension hatte mich hungrig wie eine Löwin gemacht. Oh mein Gott, schmeckte das köstlich! Ich hatte noch nie so intensiv schmeckendes, aromatisches Gemüse gegessen. Manche Gemüsesorten erinnerten mich an Gemüse, das ich kannte, Bohnen, Kraut oder Tomaten, nur dass sie um ein Hundertfaches intensiver schmeckten. Andere Sorten wiederum kannte ich nicht. Auch sie schmeckten himmlisch bzw. überirdisch. Ich spürte förmlich, wie die Nährstoffe des Gemüses in alle meine Zellen flossen und mich mit einer Energie anfüllten, die ich nie zuvor gefühlt hatte. Und das Brot erst! Wie konnte Brot nur so herrlich schmecken?

Nach dem Essen wurde ein grünes Getränk in einer Kalebasse herumgereicht, von dem jeder trank. Es schmeckte nach einer Mischung aus Zimt, Fenchel, Pfeffer und Spinat und noch etwas anderem, das ich nicht identifizieren konnte. Es bewirkte, dass ich mich augenblicklich entspannte, ohne müde zu werden. Im Gegenteil. Ich war so wach und aufmerksam, als wären alle meine Sinne auf mysteriöse Weise noch um ein Vielfaches verstärkter, als sie es ohnehin schon waren. Ich hörte jetzt nicht nur, was die Vögel sangen, sondern verstand auch die Sprache der Bäume. »Wollen wir zum Kirschbaum an der hinteren Aue fliegen und die leckeren Kirschen verspeisen?«, zwitscherte ein blau-grüner Vogel einem Artgenossen zu. »Gute Idee! Los geht's!«, antwortete sein Freund, der auf dem Baum gegenübersaß und erhob sich mit ihm zusammen in die Lüfte. Der Baum hinter mir sonderte einen Duft ab, den ich noch nie gerochen hatte. Ich verstand, was dieser Duft signalisierte: »Achtung, ich bin vom Prozessionsspinner befallen. Passt auf euch auf!« Ich spürte und roch, wie die Bäume ringsum anfingen, Abwehrstoffe gegen diese Schädlinge zu produzieren. Der Windhauch einer plötzlich aufkommenden Brise streichelte meine Haut mit der süßesten Liebkosung, die mir je zuteilgeworden war. Gleichsam mit dieser erweiterten Wahrnehmung fühlte ich mich so gelassen wie noch nie zuvor in meinem Leben. Alle Anspannung und alle Aufregung waren von mir gewichen. Es fühlte sich alles so natürlich und leicht an. Wie oft hatte ich in meinem Gehirn Fragen hin und her gewälzt, bis ich vor Anstrengung Kopfschmerzen bekam. Hier lagen die Antworten einfach auf der Hand. Ich musste nur hinschauen, zuhören, spüren.

Dara und die anderen wandten sich jetzt mir zu. Jeder einzelne von ihnen begrüßte mich nun auf dieselbe Art und Weise, wie Dara es getan hatte. Seltsamerweise konnte ich mir all die vielen Namen ganz leicht merken, obwohl ich in meinem normalen Leben ein sehr schlechtes Namensgedächtnis besaß.

Als wir uns alle wieder hingesetzt hatten, sagte Dara: »Ich fühle, dass du viele Fragen hast. Beginne mit der Frage, die dir am meisten auf der Seele brennt.«

Ja, mein Kopf war voller Fragen gewesen, aber wenn ich in mich hineinfühlte, dann war da eines, was mich seit langem schon schwer belastete.

»Ich habe gesehen, dass ihr mit der Natur und auch miteinander sehr achtsam und wertschätzend umgeht. Auf welchem System ist eure Gemeinschaft aufgebaut und gibt es nie Konflikte oder gar Kriege? Auf der Erde gibt es seit Menschengedenken unzählige brutale Kriege, ganz zu schweigen von den Verletzungen, die sich sogar Menschen innerhalb einer Familie antun, obwohl sie sich lieben.«

Dara antwortete: »Wir leben hier nach dem föderalistischen Prinzip in vielen kleineren Gruppen oder Dörfern, die zu einer größeren Gemeinde zusammengefasst werden. Ähnlich wie bei euch werden diese wiederum von Bundesländern verwaltet, die unserer gesamten Nation dienen. Anders als bei euch auf der Erde gibt es nur ein einziges Land, eine einzige Nation. Wir wissen, dass wir alle miteinander verbunden sind und voneinander abhängen. So macht es für uns keinen Sinn uns voneinander abzuspalten oder uns voreinander in Argwohn zu schützen. Bei uns ist jeder gleich viel wert. Bei euch ist zwar die Gleichheit aller Menschen im Grundgesetz vieler Länder verankert, wird aber de facto oft nicht umgesetzt.«

»Was ist, wenn jemand mehr möchte als sein Nachbar? Gibt es keinen Streit?«

»Selten. Wir teilen fast alles miteinander. Jeder erhält gleich viel. Geld, mit dem man sich etwas kaufen könnte, besitzen wir nicht. Wir besitzen nur das, was wir gemeinsam herstellen, und das teilen wir miteinander. Wenn wir mehr brauchen, dann arbeiten wir zusammen daran.«

»Was ist, wenn jemand nicht Lust dazu hat, zum Beispiel Gemüse anzubauen oder zu ernten?«

»Keiner wird gezwungen, etwas zu tun, das er nicht will. Jeder tut das, was ihm Freude bereitet, und teilt das mit anderen. Wir folgen unserer Berufung, unserer inneren Stimme.«

»Was ist, wenn jemand zu nichts Lust hat, faul herumliegt und sich an der Arbeit der anderen bereichert?«

»Wir nennen das nicht Faulheit. Wir bewerten hier nicht. Eure Welt ist sehr polarisiert. Gut, schlecht, fleißig, faul usw. Wenn jemand Zeit für sich braucht oder sich ausruhen möchte, dann lassen wir ihn. Irgendwann hat er sich regeneriert und es wird ihm langweilig. Dann wünscht er sich von selbst etwas zu tun, etwas für die Gemeinschaft beizutragen.«

Ungläubig lauschte ich Daras Ausführungen. Das klang zu schön, um wahr zu sein. »Aber wenn es doch einmal einen Konflikt gibt? Vielleicht sogar gewaltsame Übergriffe, Raub, Diebstahl, Körperverletzung. Was macht ihr dann?«

»So etwas kommt bei uns kaum vor, weil wir in der fünften Dimension leben und daher telepathisch mit allen verbunden sind. Wir können uns nicht einfach von unseren Mitbewohnern abkoppeln. Feindschaft basiert auf Nicht-Wissen, auf Fremdheit. Da wir mit dem anderen mitfühlen, wissen wir, wie ihm zumute ist. Außerdem ist jedem von uns klar, dass er sich nicht auf Kosten eines anderen bereichern kann, ohne selbst Konsequenzen tragen zu müssen. In eurer Welt ist das auch so, aber oft funktioniert Betrug eine ganze Weile lang, weil er lange verheimlicht werden kann. In der fünften Dimension geht das nicht.«

»Gibt es denn gar keine Privatsphäre bei euch?«

»Doch, wir entscheiden, wem wir unsere innersten Gedanken anvertrauen, wem wir uns telepathisch voll öffnen wollen. Aber unsere grundlegenden Absichten und Gefühle können wir nicht voreinander verbergen.«

Dara winkte eine der Frauen an ihre Seite. »Ich schlage vor, du gehst mit Saideh. Sie kann dich herumführen und dir unser Dorf zeigen. Dann bekommst du einen Eindruck davon, wie wir leben.« Saideh trug ein schillerndes türkisfarbenes Kleid, passend zu ihren grünen Augen. Ihre braunen, gewellten Haare reichten ihr bis zur Taille.

Ich ging also mit Saideh. Ich sah Kinder, die miteinander spielten oder von Erwachsenen auf Dorfplätzen betreut wurden. Entweder erzählten sie ihnen Geschichten oder sie spielten mit ihnen. Wir betraten eine Grundschule, dessen Wände wie die der anderen Gebäude aus Bambus erbaut waren. Ich hatte vermutet, dass die Thaleaner eine einfache Kultur besaßen, ähnlich den indigenen Völkern auf der Erde oder zumindest eine, die sich hauptsächlich auf die Landwirtschaft stützte. Doch da sah man wieder, wie der äußere Eindruck täuschen kann. Saideh führte mich zu meinem Erstaunen in einen Klassenraum mit einem kuppelförmigen Dach, der wie ein Planetarium oder ein Hörsaal anmutete. Der Lehrer stand unten und die Schüler saßen auf dreh- und kippbaren Sesseln in halbkreisförmig ansteigenden Sitzreihen um ihn herum. Wir nahmen auf freien Sesseln im hinteren Teil des Raumes Platz. Der Raum war mit allerlei Hightech ausgestattet, der selbst mir fremd war. So gab es zum Beispiel für jeden Schüler 3-D-Helme, die Zugriff auf alles verfügbare Wissen des gesamten Universums zuließen. Saideh ermunterte mich, einen davon aufzusetzen. Das tat ich. »Jetzt kannst du in Gedanken eine Frage stellen und dir die Antwort anschauen«, erläuterte sie. Ausgerechnet jetzt beschäftigte mich die Frage, ob mein Ex eine neue Freundin hatte. Ich schämte mich für meine banalen Gedanken. Ich hätte diese Chance gerne genutzt, um etwas wirklich Wichtiges zu erfahren. Aber nein, mein Gehirn ließ sich einfach nicht so steuern, wie ich es wollte. Und schon erschien ein zum Anfassen nahes dreidimensionales Bild von meinem Ex, wie er sich auf dem Bett mit einer mindestens 20 Jahre jüngeren Frau vergnügte. Auf dem Bett, das ich zusammen mit ihm gekauft und das ich mit ihm geteilt hatte! Und er ließ sich doch tatsächlich von dieser Frau Honig von seinem gar nicht mehr so adonishaften Körper schlecken! Aber als ich das hatte machen wollen, hatte er sich vehement geweigert: »Du mit deinen albernen Teenager-Fantasien! Wir werden am ganzen Körper klebrig sein und müssen dann auch noch die Bettwäsche wechseln.« Wütend riss ich mir den Helm vom Kopf. Saideh sah mich amüsiert von der Seite an.

Sie erklärte mir, dass die Kinder gerade in der Erweiterung ihrer Wahrnehmungsfähigkeiten geschult würden und darin, wie sie sich telepathisch mit anderen verbinden können.

»Aday, denke bitte mal ganz intensiv an etwas Bestimmtes, etwas, das wir erfahren dürfen! Stelle es dir genau vor, mit allen deinen Sinnen und öffne deinen Sendekanal!«, forderte der Lehrer einen der Schüler auf. Aday konzentrierte sich und sein Gesicht nahm einen genießerischen Ausdruck an.

»Ismuni,« wandte sich der Lehrer einem Mädchen zu, »öffne bitte deine Empfangskanäle und sage uns, woran Aday gerade denkt!« Ismunis Ohren drehten sich ein wenig nach außen, während sie sich konzentrierte. Dann fing sie an zu kichern. Über unseren Köpfen an der Kuppel des Raumes erschien ein 3-D-Bild von Aday, das Ismuni offensichtlich mittels Telepathie dorthin projiziert hatte. Aday schaute mit leuchtenden Augen auf einen großen Teller, der offensichtlich mit einer seiner Lieblingsspeisen beladen war. Genießerisch atmete er den hochsteigenden Dampf der frisch gekochten Speise ein und griff gierig zu dem Löffel, der neben dem Teller lag.

»Aday denkt mal wieder ans Essen. Er stellt sich gerade vor, dass eine Portion dampfender Maniok mit Dattelsoße vor ihm steht«, kommentierte Ismuni. Aday wirkte etwas betrübt, da seine Imagination nicht real war.

»Gut gemacht, ihr beiden!«, lobte der Lehrer schmunzelnd und erklärte den Unterricht für beendet.

Ich wandte mich an Saideh: »Seitdem ich hier bin, kann ich seltsamerweise eure Sprache und die der Tiere und Pflanzen verstehen, aber könnte ich auch lernen die Gedanken anderer zu lesen?«

»Ich weiß nicht. Dafür müsstest du lange bei uns bleiben und ob es gelingt, ist dennoch fraglich. Deine Sinnesorgane sind nicht so stark entwickelt wie unsere.«

Saideh stand auf, stellte mich dem Lehrer vor und ging dann mit mir zu einem anderen Gebäude, in dem die Kunsthandwerkerin Jilda und ihre Lehrlinge ihrer Tätigkeit nachgingen. Sie waren gerade dabei ein weißes Gestein in Form eines Rundbogens von zirka 1,50 m Breite und 50 cm Höhe mit Schnitzwerkzeugen zu bearbeiten. Dieser Rundbogen sollte Teil eines Portals am Eingang zu Daras Behandlungsraum werden, die nicht nur die Dorfälteste, sondern auch die Heilerin des Dorfes war, wie ich hier erfuhr.

»Was ist das für ein Gestein?«, fragte ich Jilda.

»Das ist Sepiolith. Es ist ein sehr leichtes Material mit geringer Dichte. Daher lässt es sich sehr einfach bearbeiten. Es besteht aus wasserhaltigem Magnesiumsilikat mit zusätzlichen Hydroxidionen, das auf der Erde als Meerschaum, z.B. in Form von Meerschaumpfeifen bekannt ist.«

Meerschaumpfeifen kannte ich nur aus »Max und Moritz« von Wilhelm Busch, wo der Lehrer Lämpel sich nach getaner Liebesmüh den Genüssen seiner Meerschaumpfeife hingab.

»Darf ich das mal anfassen?«

»Ja, natürlich«, erwiderte Jilda. Ich strich über die glatte Oberfläche und die herausgearbeiteten Ornamente des Rundbogens. Ich bekam Lust dieses Handwerk auch mal auszuprobieren. Jilda legte mir eine flache handtellergroße Sepiolith-Scheibe in meine Hände und gab mir ein kleines Schnitzmesser. »Hier, probiere es aus!«

Unversehens war ich damit beschäftigt, irgendwelche Hieroglyphen, welche mir meine Fantasie eingab, in die Scheibe zu schnitzen, ohne zu merken, wie die Zeit verging, beziehungsweise wusste ich nicht, ob und wieviel Zeit vergangen war. Hier auf Thalea, was die Blühende, Tau Gottes oder auch reich Gesegnete bedeutete, wie mir Saideh mittlerweile erklärt hatte, schien die Zeit stillzustehen. Saideh war in der Zwischenzeit weggegangen und erschien just in dem Augenblick wieder, als ich meine Arbeit beendet hatte. Für heute hatte ich genug erfahren. Ich wollte nun gerne wieder zurück in meine Welt, um mein Interview zu führen. Ich verabschiedete mich von Jilda und den Lehrlingen und bekam zum Abschied meine selbst bearbeitete Scheibe geschenkt.

Auf dem Rückweg wollte ich von Saideh wissen, warum manche Lehrlinge so jung waren.

»Jugendliche probieren mit 14 Jahren verschiedene Berufe jeweils ein paar Monate lang aus und entscheiden sich dann für einen, den sie erlernen wollen. Sie können ihren Beruf später aber auch jederzeit wechseln und etwas anderes lernen.«

»Ist es nicht ein bisschen früh mit 14 Jahren schon zu arbeiten und die Schule zu beenden?«, fragte ich.

»Sie beenden die Schule nicht. Wir gehen lebenslang zur Schule. Es gibt so viel zu lernen und alles ist so spannend. Wir haben ganz viele Fächer und Kurse für jedes Alter. Wir Thaleaner sind sehr wissbegierig. Außerdem arbeiten wir nicht in dem Sinne, wie du es kennst. Wir widmen uns einer Tätigkeit aus Freude, weil wir es wollen und nur solange wir wollen. Erwachsene ›arbeiten‹ meist nur fünf bis sechs Stunden am Tag. In der restlichen Zeit treffen wir Freunde, bilden uns weiter, widmen uns einer weiteren Lieblingsbeschäftigung und kümmern uns um unsere Familie.«

Das waren ja paradiesische Zustände hier. Ich suchte immer noch nach dem Haken. Aus Gewohnheit, weil ich bisher selten etwas genossen hatte, ohne einen Preis dafür zahlen zu müssen. »Habt ihr denn überhaupt keine Probleme oder Herausforderungen zu bewältigen?« Ich konnte mir einfach nicht vorstellen, dass es eine Welt voller Frieden und Harmonie gab.

»Doch natürlich. Es gibt auch hier manchmal Krankheit, weil jemand sich verletzt hat oder weil er in einer seelischen Krise steckt, den Kontakt mit sich selbst verloren hat und auf der Suche nach Antworten ist. Dafür haben wir Heiler wie Dara, die Körper und Geist bei der Gesundung unterstützen.«

»Das ist alles, was ihr an Problemen habt?«

»Nein, wir kennen ebenso wie ihr auf der Erde auch Erdbeben und Überschwemmungen, die wir jedoch vorhersehen und uns daher vor ihnen schützen können. Außerdem haben wir zurzeit ein Energieproblem, weil der mit uns Handel treibende Nachbarplanet Llion aufgrund einer Naturkatastrophe Lieferengpässe hat. Unsere Wissenschaftler arbeiten intensiv daran, die Energie unserer Sonne noch effizienter zu nutzen.«

»Ja, das Problem kennen wir auch. Nur handelt es sich bei uns weniger um eine Naturkatastrophe, denn um eine Naturgewalt, könnte man sagen«, bemerkte ich mit bitterem Unterton.

Ein Hirsch kam vom Waldrand her auf mich zu. Ich musste mich noch daran gewöhnen, dass die Tiere hier keine Scheu vor den Menschen besaßen, weil sie nicht gejagt, eingesperrt oder gegessen wurden. Die Thaleaner kannten kein Wort für vegane Ernährung. Sie ernährten sich einfach alle so und behandelten die Tiere, die frei herumliefen, als ihresgleichen. Ich blieb stehen, bis der Hirsch mir ganz dicht gegenüberstand. Er schaute mir mit großen braunen Augen tief in meine Seele. Oder schaute ich ihm tief in seine Seele? Ein Gefühl großen Respektes, tiefer Achtung und unendlicher Zartheit bemächtigte sich meiner Seele.

Für den Rest des Weges begleitete mich nun der Hirsch. Es war, als ob ein wichtiger verloren gegangener Seelenanteil von mir jetzt wieder mit mir vereint war. Saideh lächelte: »Dein Krafttier hat dich also gefunden.« Hier musste man nichts suchen, alles, was man brauchte, fand auf Thalea zu einem. Es war wie ein Ankommen. Hier wurde man ganz einfach gefunden.

Dara erwartete uns schon vor ihrer Behausung. Sie ging mit mir, Saideh und dem Hirsch zu der Lichtung an die Stelle, woher ich gekommen war.

Dara sagte zu mir: »Du kannst jederzeit wiederkommen, wenn du es möchtest, Jalma. Du brauchst es dir bloß zu wünschen. Der Schlüssel, den du selbst hergestellt hast«, Dara deutete auf die Sepiolith-Scheibe in meiner Hand, »hilft dir dabei, ganz sanft zwischen unseren Welten hin- und her zu gelangen. Du hast die öffnenden Symbole zwischen unseren Welten in die Scheibe geschnitzt.«

Wie magisch sich alles zusammenfügte! Welche Macht hatte mich geleitet, genau die Symbole, die mir den Übergang erleichterten, in meine Sepiolith-Scheibe zu schnitzen?

»Das heißt, ich werde nicht mehr so rasant in einen Lichttunnel gesaugt, dass mir schwindelig wird?«

»Nein, du wirst ganz sanft hinübergeleitet.«

Der Hirsch sprach nun auch zu mir: »Mein Name ist Ayal. Ich werde dein Leben von nun an begleiten. Wenn du mich beim Namen rufst, werde ich da sein. Auch in deiner Welt, in der du mich jedoch nicht sehen kannst.«

Vor Rührung kamen mir die Tränen. Ayal neigte seinen Kopf zum Abschied und sprang dann davon. Nun verabschiedeten sich auch Dara und Saideh mit einem Namaste und den Worten: »Möge sich dein Weg dir öffnen und mögest du deine Wahrheit finden.« Und schon wurde ich ganz sanft in den Lichttunnel gesaugt, aus dem ich gekommen war. Diesmal rutschte ich in gemäßigtem Tempo auf einer spiralförmigen weißen Lichtrutsche, die nach kurzer Zeit in eine regenbogenfarbige Rutsche überging. Ich genoss jetzt die Fahrt in vollen Zügen, da der Schwindel und die Übelkeit ausblieben.

~ * ~

Ich landete auf meinem Sitzplatz im Zug, gegenüber der Frau mit den strähnigen Haaren, die gelangweilt aus dem Fenster starrte, als wäre nichts besonders Aufsehenerregendes passiert. Nichts hatte sich verändert, außer dass ich einen Portalschlüssel aus Meerschaum in meiner Hand hielt. Also war es tatsächlich passiert. Ich hatte es nicht geträumt. Mein Tablet stand noch genauso vor mir auf dem Tisch wie zu dem Zeitpunkt meiner Teleportation. Ich blickte auf die digitale Zeitangabe. Es war tatsächlich keine einzige Minute vergangen, seitdem ich weg gewesen war. Immer noch war es 10:53 Uhr. Niemand außer mir schien etwas bemerkt zu haben. War ich tatsächlich die Einzige, die den Ruck und den Lichttunnel wahrgenommen hatte? Es schien so. Ich fragte die Mitreisenden in meinem Abteil, ob sie nicht einen Ruck gemerkt hätten oder ob sie irgendetwas Bemerkenswertes gesehen hätten. Die Frau mit den strähnigen Haaren mir gegenüber verneinte und schaute mich irritiert an. Die anderen reagierten gar nicht. Wahrscheinlich dachten sie, mit mir stimme etwas nicht. Ich konnte das, was ich erlebt hatte, ja selbst noch nicht begreifen. Wie konnte das passieren und warum hatte nur ich es erlebt und nicht auch meine Mitreisenden in diesem Zug?

War mein Erlebnis die Antwort auf meine dringlichste Frage nach der Möglichkeit einer Teleportation des Menschen? Was sollte ich mit dem Wissen anfangen, das mir offenbart worden war? Ich konnte es schlecht irgendjemandem erzählen, geschweige denn einen journalistischen Artikel darüber verfassen. Man würde mich für psychisch krank erklären und sowohl meine Glaubwürdigkeit als auch meine Karriere als Journalistin wäre genauso jäh beendet, wie mich die Quantenphysik in dieses Abenteuer gezogen hatte.

Ich entschied mich erst einmal abzuwarten, was die Antwort des Wissenschaftlers auf meine wichtigste Frage ergeben würde. War es dem Stand der Wissenschaft nach wirklich möglich, mittels Teleportation in eine Parallelwelt gebeamt zu werden? Wenn ja, wie hatte mir das passieren können? Reichte es wirklich aus nach Antworten zu suchen, wie Dara behauptet hatte? Das taten andere doch auch und wurden nicht weggebeamt.

Im Gegensatz zur Welt der fünften Dimension wurde ich hier in meiner Welt durchaus schläfrig. Eine bleierne Müdigkeit überwältigte mich. Ich packte mein Tablet und meinen Portalschlüssel in meine Tasche. Nach all den Abenteuern entschied ich mich erst einmal für ein Nickerchen. Wien würden wir erst in etwa vier Stunden erreichen. Ich legte meine Strickjacke unter meinen Kopf und schlummerte mit einem Lächeln auf den Lippen ein.

Nadja Bauernfeind

Reise ohne Ziel
oder Anna Karenina im Orientexpress

Übergangslos ist es Herbst geworden, die Temperaturen sind von heute auf morgen um mehr als zwanzig Grad gefallen. Es regnet und der Wind fegt durch die Baumkronen, beugt die Äste und reißt ein paar trockene Blattfetzen mit sich fort. Die sonst immergrünen Wiesen hier im Ort waren monatelang strohig gelb verbrannt, es hatte einfach nicht geregnet.

Jetzt hängen dunkle Wolken tief und bewegen sich eilig mit dem Sturm fort, die Luft ist schwer und vollgesogen wie ein nasser Schwamm. Die Kälte frisst sich mir unbarmherzig in die Glieder. Gleich wird sich der letzte fahle Widerschein des Tageslichts am Horizont hinter den Häusern der Stadt verzogen haben.

Ein paar schemenhafte Gestalten mit hochgezogenen Schultern und aufgestellten Mantelkragen, manche mit Regenschirmen, die sie gegen den Sturm halten, hasten durch die Straßen und bringen sich durch den Bahnhofseingang ins Trockene.

Wie ferngesteuert gehe ich durch die zugige Eingangshalle, die Bahnhofshalle mit den großen, ratternden Abfahrts- und Ankunftstafeln, den Kiosken, Zeitungs- und Buchläden, den vielen Würstchenbuden, künstlich duftenden Bäckereiketten und Kaffee-im-Pappbecher-Verkäufern in Richtung Bahnsteige.

Ich gehe auf ein schwach beleuchtetes Gleis zu und kann außer mir keinen einzigen Fahrgast sehen.

Während ich frierend auf den Zug warte, denke ich zurück an den langen, schweißtreibenden Sommer … an unsere weißglühenden Tage und Nächte und das glitzernde Meer, das mich blendete und ein orange flimmerndes Nachbild auf meiner Netzhaut einbrannte.

Wir waren zusammen auf exotischen Inseln mit hellen Stränden, hochstämmigen Palmen, türkisblauem Meer oder mit kreideweißen, steil in die aufgepeitschte Brandung stürzenden Klippen.

Eine kräftige, kalte Windböe holt mich zurück an diesen trüben herbstlichen Ort, zurück in die graue, große Stadt, in diese hohen, windigen Hallen.

Ich möchte zu ihm fahren, möchte mit ihm reden, ich muss wissen, ob er mich liebt ... unvermittelt und fast unbewusst denke ich »Dieser eitle alte Mann, der sich lieben lässt ...«

Die frohen Tage sind längst vorbei ... Aus der Ferne höre ich das schrille, durchdringende Bahnsignal. Schließlich nähert sich der Zug mit stark gedrosselter Geschwindigkeit und kommt am Ende des Gleises lautlos zum Stehen.

Ich reiße mich aus meinen Gedanken und steige ein, schiebe mich durch einen Gang, gehe durch aufgleitende Glastüren in das nächste Abteil, und habe das Gefühl, dass der Zug gespenstisch leer ist.

Mit einem tiefen Seufzer lasse ich mich in einen der weichen Polstersessel am Fenster fallen. Ich wundere mich über ein paar zurückgelassene, zerfledderte Bücher, die auf den Sitzen herumliegen.

Eine unverständliche Ansage schnarrt durch kratzige Lautsprecher und nach kurzer Zeit setzt sich die Bahn langsam in Bewegung, steigert stetig ihre Geschwindigkeit und lässt die Stadt schnell hinter sich.

Benommen sehe ich dem Regen dabei zu, wie er schräge, immer wieder zerreißende Schnüre am Fensterglas entlang zieht. Dahinter huschen weite, bis zum Horizont reichende Felder wie riesige Schatten vorbei, während die lautlos rasende Fortbewegung des Zuges kaum spürbar ist.

Dafür rauscht es in meinem Kopf, mir wird schwindelig.

Eigentlich fahre ich gern Zug, finde es philosophisch, als könnte ich alles Gewohnte hinter mir lassen, während Landschaften, Städte und Industriegebiete an mir vorbeifliegen und sich das Landschaftsbild immer wieder verändert.

Ich fühlte mich bei meinen Reisen aufregend frei und mein Horizont weitete sich.

... alles schien mit einem mal wieder möglich ... vielleicht noch mal ganz von vorne anfangen, ein neues Leben beginnen ... vielleicht einem anderen Mann begegnen ...

Jetzt, in dem durch die Nacht gleitenden Zug, denke ich an die Insel am Rande des Ozeans, auf der ich ihn kennengelernt hatte. Sonne, Wärme, Licht und Leichtigkeit mitten im Winter ...

In was für Männer verliebt man sich und warum? Verliebt man sich in seinen Vater oder in das Gegenteil? Immer wieder in seine erste Liebe? ... jedenfalls ist man geprägt.

Und ja ... die Liebe ist wahrscheinlich viel zu überschätzt und sie wird kommerziell ausgeschlachtet ... zu den Valentinstagen, in der Literatur, in der Oper und der Operette, Candle-Light-Dinner in teuren Restaurants, nicht zuletzt die Juweliere ... so branden die Gedanken und Erinnerungen wie aufgeregte Wellen an den Strand, während der Silberpfeil mit über 300 km/h durch die Nacht jagt.

Merkwürdigerweise höre ich jetzt die Kufen eines großen Schlittens über harschen Schnee kratzen und das helle Gebimmel von Glocken um die Hälse von Pferden und weiß nicht, woher das Geräusch kommt.

Es erinnert mich an ein großes Reise- oder Kinoplakat, das ich am Bahnhof im Vorübergehen gesehen hatte. Abgebildet war eine romantische Pferdekutsche, die durch ein verschneites Tal fuhr, das von steilen Bergen umgeben war. Im Hintergrund blinkten silbrig die Zinnen eines Schlosses.

Jetzt erkenne ich undeutlich ein paar flache, farblose Hügel, das erste oder letzte Tageslicht graut oder verschwindet gerade, ich habe die Orientierung verloren.

Die Hügel in der Ferne türmen sich immer höher auf wie bei einem Daumenkino. Sie verwandeln sich in schneebedeckte

Bergspitzen, die gleichsam von innen heraus in einem unwirklichen Licht in der Farbe von Gletschern leuchten.

»Das Abteil ist ja völlig überheizt«, denke ich unvermittelt und gleichzeitig spüre ich einen eiskalten Luftzug, ohne zu wissen, woher er kommt. Kalter Schweiß rinnt mir den Nacken herab, meine Kehle ist trocken und mein Kopf wummert.

Ich krame in meiner Handtasche nach einer Schmerztablette. Ich führe immer ein Arsenal an Tabletten mit mir und dann döse ich vor mich hin.

Wie aus dem Nichts sehe ich im Gegenlicht den Schattenriss einer hohen, hageren Gestalt vor der Abteiltür. Ich kann sogar seine dünnen langen Haare erkennen. Er erinnert irgendwie an eine große, zerrupfte Krähe.

Ich sehe mit Entsetzen, dass er einen in weiße, flatternde Tücher gewickelten jungen Frauenkörper in den Armen hält, deren Glieder leblos um sie schlenkern, als sei sie eine lebensgroße Puppe … und dann scheint er ihr seine langen Zähne in den Hals zu hacken – oder ist es ein leidenschaftlicher Kuss … oder beides … ist er dabei, ihr Blut aufzusaugen?

Mir schlägt der Gestank von Fäulnis und Knoblauch entgegen, sodass sich mein Magen hebt. Ich verliere das Bewusstsein oder genauer gesagt tauche ich ab in lauwarme Gleichgültigkeit und überlege noch, ob das von der Tablette kommt …

Als ich nach einer Weile wieder zu mir komme, kneife ich mich in das Fleisch am Oberarm und überlege, ob ich mir auf einer Toilette das Gesicht unter fließend kaltes Wasser halten sollte und dass ich eigentlich dringend eine eisige Dusche bräuchte, fühle mich aber zu kraftlos, um mich aus dem Sitz zu wuchten.

Nach einer Weile schaue ich gelangweilt die Bücher an, die hier jemand hat wohl liegen lassen.

Gegenüber liegt ein besonders dickes Paperback-Buch. Ich nehme es in meine Hände und staune: Anna Karenina. Wie man weiß, einer der größten Klassiker der Literaturgeschichte: Die tragische Liebesgeschichte einer jungen, anmutigen, verheirateten

Frau, die ihrer großen Liebe alles opfert und sich am Schluss in einem Bahnhof vor einen Zug wirft.

Ich blättere darin, bemerke mit Bleistift unterstrichene Stellen und erinnere mich, dass ich den Roman schon mal vor 25 Jahren in einem Sommerurlaub am Meer gelesen habe.

Neugierig geworden, schaue ich mir auch die anderen Bücher an: Der Orientexpress von Agatha Christie – »Meine Güte«, denke ich, »wie oft ist dieser Roman eigentlich schon verfilmt worden und wie oft wird er zu den Feiertagen im Fernsehen wiederholt!«, und außerdem bin ich kein Freund von Krimiliteratur.

Dann ist da noch der Nachtzug nach Lissabon von dem Schweizer Pasqual Mercier, der eigentlich ein Philosoph war. Der Roman wurde vor vielen Jahren überraschend zum Bestsellererfolg und ich erinnere mich dunkel, dass es um einen schon etwas betagteren Lehrer geht, der unvermittelt aus seinem monotonen Leben aufbricht … eben nach Lissabon … mit dem Nachtzug.

Was haben wir da denn noch: D-Zug dritter Klasse von Irmgard Keun. Diese Schriftstellerin wurde doch mit dem Kunstseidenen Mädchen in den dreißiger Jahren berühmt, dann vergessen und jetzt wieder entdeckt … schließlich eine Sammlung mit Erzählungen von Friedrich Dürrenmatts Der Tunnel und zu guter Letzt ein schmales Bändchen: Eine unwahrscheinliche Begegnung von einer mir unbekannten jungen Französin – »Zwei treffen sich im Zug und verspüren die Sehnsucht nach einem anderen Leben«, lese ich im Klappentext.

Wahllos überfliege ich die eine oder andere mit Bleistift unterstrichene Stelle in Anna Karenina und denke, dass die sozialen Medien auch schon fast überholt sind, wer wird also noch etwas über die Begegnung von Anna und Wronski lesen wollen?

Jedenfalls lernen sie sich gerade auf dem Bahnhof kennen …

Beim durchdringenden Ton eines näherkommenden Signals schrecke ich zusammen. Im Vorbeirasen höre ich das Bimmeln einer heruntergelassenen Bahnschranke. Der Zug drosselt spürbar seine Geschwindigkeit und fährt bald in eine Bahnhofshalle von verschlissener Pracht ein, die Luft ist staubig und flimmert mattgolden.

Der Zug hat sich verändert, er ist jetzt schwarz und schwerfällig, kommt keuchend zum Stehen … Ich sehe die dichten Dampfwolken der Lok, wie sie sich unter der hohen, gläsernen Bahnhofshalle ballen, wie auf den Bahnhofsbildern von Monet.

Ich gehe hinaus, um mir die Beine zu vertreten und frische Luft zu schnappen. Auf den Gleisen und in der Halle geht es jetzt unruhig zu. Von entfernteren Gleisen ist das Pfeifen einer sich nähernden Lok und das Rattern von etwas Schwerem zu hören.

Ein paar Minuten später erbebt das Gleis gegenüber und schnaubend rollt eine Lokomotive ein. Ein schneidiger Schaffner pfeift, während er abspringt, und hinter ihm steigen, nacheinander, ungeduldige Fahrgäste aus.

Wronski blieb am Eingang des Wagens stehen, um einer herauskommenden Dame den Vortritt zu lassen. Mit dem Feingefühl des Mannes von Welt hatte W. die Dame mit einem einzigen Blick auf ihr Aussehen zugeordnet. Er warf noch einen Blick auf sie, nicht weil sie sehr schön gewesen wäre, nicht wegen der Eleganz und bescheidenen Grazie, die an ihrer gesamten Gestalt zu sehen waren … in dem kurzen Blick konnte er verhaltene Lebhaftigkeit bemerken, die auf ihrem Gesicht spielte und zwischen den funkelnden Augen und dem kaum merklichen Lächeln auf ihren roten Lippen hin und her flatterte. Als ob ihr Wesen von irgendeinem Übermaß derart voll wäre …[1]

Ein paar Sätze später geschieht ein Unglück: ein Bahnarbeiter wird von einem Zug erfasst und stirbt noch an der Unfallstelle.

Neben mir gehen Reisende unruhig auf und ab, reden aufgeregt miteinander.

Wieder reißt mich das schrille Pfeifen des Schaffners aus dem Dämmerzustand. Der Zug fährt weiter. Während ich sitze und leicht benommen vor mich hin starre, springt mir eine Katze auf

1 Seite 102 aus Anna Karenina, Hanser Verlag München 2014

den Schoß. Ich grabe meine Fingerspitzen in ihr weiches, dichtes Fell, bis sie schnurrt und ich mich langsam beruhige.

Da riecht es überraschend nach Pinienkernen, Olivenhainen und Meeresbrise im Abteil. »Wie kommt der junge Mann dahin …?«, denke ich, der mir da aus heiterem Himmel gegenüber sitzt … er scheint zu schlafen und so habe ich die Gelegenheit, ihn genauer zu betrachten … und ich stelle fest, dass er eher jung als alt aussieht oder eher alt als jung … also »mittelalterlich« könnte man jedenfalls nicht sagen … ich weiß es noch nicht. Woher nur ist er auf einmal gekommen? Er wirkt versunken, in sich gekehrt.

Ich betrachte sein schmales, feinnerviges Gesicht mit den vornehm eingefallenen Wangen und dem verträumten und zugleich klaren Ausdruck. Sein strubbeliges Haar steht keck in alle Richtungen ab, wie bei einem Igel. Es wirkt blond mit ein paar grauen Büscheln dazwischen oder umgekehrt.

Der Mann trägt einen schwarzen Gehrock mit blinkenden, silbernen Knöpfen in doppelter Reihe, dunkle Stiefel mit hellem Fellbesatz und eine Schirmmütze mit rotleuchtendem Sturmriemen liegt neben ihm. Und auch ein Buch liegt da, dessen Titel ich nicht erkennen kann.

»Was für eine seltene und ungewöhnliche Erscheinung«, denke ich, »vielleicht ein Künstler, ein Journalist oder eine Figur aus einem Roman, aber aus welchem …?«

Mir fällt das glücklichste Paar ein, das ich kenne. Nach zehn Jahren Beziehung sind sie zusammengezogen, dann haben sie geheiratet. Sie sind wohlhabend und reisen beruflich, entweder gemeinsam oder einzeln, um die Welt. Wenn der eine länger unterwegs ist, fehlt er dem anderen, sodass er dann schlecht schläft. Und wenn sie nebeneinander schlafen, liegen sie sich in den Armen und wachen auch so auf.

Sie sind fürsorglich, interessiert und zärtlich miteinander … und das noch nach dreißig Jahren. Klingt wie im Film oder im Märchen … ist aber echt … So sollte es doch sein … ist es aber meistens nicht …

So klar kann ich noch denken, während ich diesen ungewöhnlichen Mann in der gegenüberliegenden Ecke betrachte und der Geisterzug durch das verschwindende Eis gleitet.

Draußen wird es heller, die Landschaft lieblicher, die weiten Wiesen sind grün und ein paar Bäume am Rain tragen lichtes Blattwerk, als sei der Frühling nicht mehr weit.

Parallel zu den Eisenbahnschienen schlängelt sich ein Flüsschen, Trauerweiden lassen ihre noch spärlich bewachsenen Äste hineinhängen.

In mir festigt sich der Eindruck, dass wir in die verkehrte Richtung fahren oder dass ich im falschen Zug sitze. Aber das macht mir gar nichts aus. Ich betrachte wieder den jungen Mann mir gegenüber, seine fein geschwungenen Augenbrauen und ich kann seine Wimpernhärchen zählen … eins, zwei, drei … sein Nasenrücken ist lang und gerade.

Dann schaue ich mir seine Hände an, die entspannt über den Sessellehnen hängen. Sie sind einerseits groß und kraftvoll, andererseits langgliedrig und ich frage mich, ob er vielleicht ein Bildhauer ist … oder ein Schlagzeuger … und wie die sich wohl anfühlen auf meiner Haut … was er wohl für eine Stimme hat … und was für eine Augenfarbe … und wann er wohl aufwacht … ob ich ihn wecken soll?

Ach, die Liebe … wahrscheinlich hatte ich schon immer eine falsche Vorstellung von ihr, sie ist nicht so, wie sie in den meisten Klassikern und Filmen dargestellt wird, die ich gelesen und gesehen habe, als ich noch ein junges Mädchen war … aber ja, es gab die Liebe irgendwie … sie endete im Chaos … und manchmal hatte ich dann das Gefühl, einen Kater zu haben, oder ich müsse mir jetzt unbedingt die Hände waschen und hab dann kein Handtuch, um sie abzutrocknen.

Meine Gedanken wandern zurück zu dem Mann, den ich dachte aufsuchen zu müssen, um ihn zu fragen, ob er mich liebt … Und je weiter mich der Zug in die unbekannte Landschaft bringt, umso mehr vergesse ich sein Gesicht und fürchte, dass es mir gar nicht mehr einfallen will und auch nicht mehr gefallen.

Da wacht leicht brummend – er murmelt verschlafen irgendetwas wie »Ohh ... ich träume wohl ...« – der fremde Mann gegenüber auf und ich kann sehen, dass seine Augen dunkelblau sind, mit goldenen Splittern darin. Unvermittelt frage ich ihn, ob er am Gleis abgeholt werden wird.

Ungläubig schaut er mich aus seinen großen Augen an und ich bemerke, dass er so noch besser aussieht als schlafend ... seine Augen schimmern wie ein See im Sonnenlicht, er lächelt leicht und da ist auch so ein Schein aus seinem Inneren, und eine leichte Unsicherheit ... schwer zu beschreiben ...

Dann frage ich ihn, ob er wüsste, wohin genau wir fahren ... Der Mann reibt sich verwirrt den Schlaf aus den Augen. »Wo bin ich?«, fragt er und dann, »Wo kommen Sie denn her ...?«

»In einem Zug«, antworte ich, »Ich weiß aber nicht mehr genau, in welchem«.

Jetzt schüttelt er ungläubig seinen Kopf und den Schlaf von sich.

»Wie ... Sie wissen nicht, wohin Sie fahren ...?«

»Nein ... ich glaube, ich bin in den falschen Zug gestiegen ...«

»Wo sind Sie denn eingestiegen? ... Und wo wollen Sie hin?«

Ich nenne ihm meinen Heimatort und er antwortet, dass er sich in Geographie nicht auskenne. Am liebsten würde ich ihn fragen, worin er sich besser auskennt ... vielleicht im Segeln ... oder im Bett ...? Ich frage mich auch, was er wohl für Bettwäsche hat und verspüre ein leichtes, elektrisches Kribbeln an meinen Fußsohlen ... da sagt er »Ich weiß auch nicht, wohin ich fahre und momentan ist es eher unwahrscheinlich, dass ich irgendwo erwartet werde.«

Dabei kann ich hören, wie er das »R« so ganz leicht und spielerisch mit der Zunge im Gaumen herum rollt. Und seine Stimme ist angenehm weich und tief, vielleicht wie die eines Kunst- und Kulturmoderators ... und sie bebt ein wenig.

Plötzlich hören wir draußen auf dem Gang ein Gestolper und Gepolter, es dröhnt und rumpelt. Eindeutig trampelt dort eine Elefantenherde durch.

Wir tun, als sei es das Normalste von der Welt. Dann vernehmen wir lautes Rufen … dieses Mal klingt es nach vielen durcheinander laufenden und schreienden Menschen.

Erstaunt schauen wir uns an, halten den Atem an und spitzen die Ohren.

Es klingt jetzt, als würden Menschen in ein Abteil rein, raus, rein, raus gehen. Dann hören wir flüchtende Schritte.

Auf die Idee hinauszuschauen kommen wir nicht. Dann verlässt der Fremde aber doch das Abteil, um nachzusehen. Ich bleibe wie angewurzelt sitzen. Als er zurückkehrt und Platz nimmt, schaut er mir wieder still in die Augen.

Wir erschrecken, als jemand jäh an unsere Abteiltür hämmert … ein baumhoher Mann in einer grünroten k. u. k. Uniform betritt augenblicklich unser Abteil und teilt uns in sachlichem Ton mit, dass ein mit elf unterschiedlich kräftigen Messerstichen Ermordeter nebenan im Schlafwagen aufgefunden worden sei, und fragt, wo wir uns in den letzten zwei Stunden aufgehalten hätten.

Ich antworte, dass wir nicht da gewesen seien. Der Uniformierte notiert etwas in ein kleines Notizheft, salutiert und verlässt korrekt unser Abteil.

Wir schauen uns wieder wortlos in die Augen. Darüber wird es allmählich dunkel und nach einigen Stunden sagt der junge Mann dann zu mir: »Sie können mir aber lange in die Augen schauen …!«, und verkündet: »Ich werde sie aber jetzt mal schließen …«

Ich frage ihn, damit er sie wieder öffnet, ob er es nicht an der Zeit fände, mir seinen Namen zu verraten, und ob er etwas dagegen hätte, das Fenster zu öffnen, denn ich möchte meinen Rucksack hinauswerfen.

Er sagt, er heiße Milan (ob er aus Kaukasien kommt, frage ich mich, oder aus Transsilvanien) und er habe leider keinen gekühlten Sekt dabei, um unsere Begegnung gebührend zu feiern, und nein, natürlich habe er nichts dagegen, wenn ich alles aus dem Fenster werfe.

Er selbst reise immer mit leichtem Gepäck ... und mit vielen luftigen Gedanken und Ideen. Sich leicht zu machen, sei das halbe Leben, sagt er. Man müsse Platz haben, innen wie außen, aber trotzdem auch auf der Erde stehen, fügt er hinzu und ich werfe alle Bücher, Klamotten und mit ihnen alle unschönen Erinnerungen aus dem Fenster – ich habe zu viele und zugleich zu wenige davon.

Dann frage ich ihn, was der Name Milan bedeute und er antwortet »Der Liebevolle« und ich entgegne hoffnungsfroh »Na, da kann einem ja nichts mehr passieren in Ihrer Nähe«, worauf er rätselhafter Weise entgegnet »Ja, das glauben viele«, und hinzufügt »Ich käme jedenfalls nie auf den Gedanken, den anderen zurechtzuweisen oder streng zu sagen, so geht das aber nicht, das muss jetzt anders gemacht werden«.

Das beruhigt mich sofort. Er fragt mich, wie ich heiße, und ich sage ihm meinen Namen, den ich normalerweise nicht gerne verrate. Er wiederholt ihn leise und sagt mit einem verträumten, melancholischen Blick: »Das ist ein Name, an den man sich schnell gewöhnen kann«. Ich nehme mir vor, ihm bei Gelegenheit zu sagen, dass er Hoffnung bedeutet.

Etwas förmlich setzt er hinzu: »Ich freue mich sehr, deine Bekanntschaft zu machen ...« Er nennt meinen Namen, als spräche er ihn zum allerersten Mal aus, und sagt wie nebenbei: »Ich kann dir übrigens jede Sprache beibringen, jede, die du willst.«

Nach einer kleinen Pause sagt er mit einem wehmütigen Unterton: »Ich kann immer bei dir sein, wenn der Tag sich neigt und die Nacht anbricht ...«

Dann wieder Stille.

Irgendwann höre ich, wie er sagt: »Anna Karenina, das Buch, das du gerade aus dem Fenster geworfen hast, ist einer meiner Lieblingsromane, man sollte ihn sich merken«.

Ich setze gerade zum Antworten an, als er fragt: »Kennst du den Film, in dem ein Junge in einem unermesslich großen Land in einem Zug einschläft und in weiter, ihm völlig unbekannter Ferne wieder aufwacht und keine Ahnung hat, wo er ist und wo er herkommt? … und so befinden auch wir uns an unbekannten Orten auf einer Reise ohne Ziel …«

Ich sehe uns, wie wir uns mitten auf einer blühenden Sommerwiese begegnen und uns an den Händen nehmen und einen Hund zusammen haben … Da wird die Abteiltür mit einem Ruck aufgezogen und drei zackige Uniformierte mit unheilvollen Blicken treten ein …

Joanna Manc

Der Nachtzug

Es muss irgendwann Mitte der 1980-er Jahre gewesen sein, als es noch den so genannten »Eisernen Vorhang« gab, der die Länder Mittel- und Osteuropas von den westlichen trennte, und die Grenzen zwischen beiden Blöcken streng bewacht wurden.

Damals lebte noch mein Stiefvater und ich machte mich wieder einmal auf den Weg zu ihm, das heißt in meine Heimat, Polen.

Zu dieser Zeit gab es einen direkten Nachtzug von Frankfurt am Main nach Warschau, wo ich umsteigen musste, um an die Ostsee zu kommen, an diese Küstenlandschaft zwischen Danzig, Sopot und Gdynia, wo ich geboren wurde und meine ersten neun Lebensjahre verbracht hatte.

Die Strecke war mir nicht fremd. Ich kannte sie seitdem ich zwölf gewesen war, als mich meine Mutter zum ersten Mal am Frankfurter Hauptbahnhof in einen der alten Wagen der polnischen Bahn PKP gesetzt hatte und über die Sommerferien zur Großmutter schickte.

Jetzt war ich Mitte zwanzig und, da ich regelmäßig meine Verwandten in Polen besuchte, stieg ich routiniert in den Zug und stellte mich auf eine sehr lange Fahrt ein, weil ich wusste, dass sich die Kontrollen an den Grenzen zwischen der BRD und der DDR und zwischen der DDR und Polen ewig hinziehen konnten.

Normalerweise waren die Abteile auch noch voll belegt, was nicht gerade zur Bequemlichkeit der ohnehin anstrengenden Reise beitrug. Als sich der Zug in Bewegung setzte, stellte ich jedoch entzückt fest, dass ich ein ganzes Abteil nur für mich hatte, wobei mir klar war, das würde wahrscheinlich nicht lange so bleiben.

Denn vor mir lagen noch viele Stationen, an denen es bestimmt weitere Reisende gab, die zusteigen und meine Einsamkeit und Ruhe stören würden. Deshalb setzte ich mich brav auf meinen reservierten Platz am Fenster, schaute nach draußen in die Dunkelheit und versank in diesen meditativen Zustand, der mich fast jedes Mal erfasst, wenn ich auf langen Zugfahrten bin.

Ich hörte auf den Klang der Räder, auf ihr eintöniges Mantra, das mein Reisefieber langsam in eine angenehme Müdigkeit verwandelte. Und so nahm ich die Kontrollen an der Grenze zwischen der Bundesrepublik und der DDR gleichmütig hin, zumal sie diesmal ohne größere Verzögerungen verliefen.

Nach der Grenze fuhren wir weiter durch die DDR. Mittlerweile musste es schon fast Mitternacht gewesen sein und noch immer war – trotz mehrerer Halte – niemand aufgetaucht, der einen der Plätze in meinem Abteil beansprucht hätte.

Also streckte ich mich auf allen drei Sitzen der Bank aus, schob meinen Rucksack unter den Kopf und begann zu lesen.

Ich weiß noch, dass es die Erinnerungen von Dostojewskis zweiter Frau waren; nachdem ich alles von ihm mit der Begeisterung eines Teenagers verschlungen hatte, kamen jetzt die Erinnerungen von Anna Grigorjewna an die Reihe, die ihr Leben mit diesem genialen, aber sehr schwierigen Mann geteilt hatte. Und obwohl mich alles, was Dostojewski betraf, brennend interessierte, siegte schließlich doch die Müdigkeit und das Schaukeln des Zuges tat das Seine dazu. So, dass ich trotz der recht harten und unbequemen Bank einschlief.

Das Buch glitt mir aus den Händen und landete samt einem Brief, der immer noch in seinem geöffneten Briefumschlag steckte und den ich als Lesezeichen nutzte, auf meiner Brust.

Der Brief stammte von meinem Stiefvater, zu dem ich gerade fuhr; er hatte ihn mir nach Deutschland geschickt und nun legte dieser Brief als Lesezeichen den Weg nach Polen wieder zurück.

Das Aufreißen der Abteiltür ließ mich hochschrecken. Es dauerte einen Moment, bis ich begriff, dass es mittlerweile Tag war, dass ich eingeschlafen sein musste, dass der Zug die Grenze zwischen der DDR und Polen erreicht hatte und dass die drei Männer in der Tür DDR-Grenzer waren oder Zollbeamte, die ihre Kontrollen durchführten.

An die beiden, die etwas weiter hinten standen, kann ich mich nicht erinnern; sie bildeten eine Art Hintergrund. Doch der junge Mann, der sich direkt vor mir aufbaute, blieb mir im Gedächtnis. Sein dunkles Haar war akkurat zurückgekämmt und passte zu der Steifheit der Uniform, die er trug, sowie zu seiner ganzen Statur, die etwas Eckiges und Hartes an sich hatte.

Mir fiel auf, dass seine Gesichtshaut sehr fahl war, als ob er viel Zeit in stickigen, verrauchten Büroräumen verbracht hätte. Die kleinen Augen blickten mich streng und feindselig an, der schmale Mund war zusammengepresst und schien so etwas wie ein Lächeln überhaupt nicht zu kennen.

»Grenzkontrolle! Ihre Papiere!«, bellte er mich an.

Obwohl ich mich als einen eher sensiblen und nicht besonders mutigen Menschen beschreiben würde, schüchterte mich sein bedrohlicher Ton nicht ein. Vielleicht war er einen Tick zu übertrieben, vielleicht war es mein Eindruck, dass hier jemand vor mir stand, der sich vor seinen Kollegen profilieren wollte.

Ich zog meinen Pass heraus und gab ihn ihm.

Die Kontrolle des Dokuments zog sich hin; der junge Grenzbeamte schaute mal auf mein Foto, mal zu mir, als ob er nach etwas suchen würde, das Zweifel an der Echtheit des Passes bei ihm hervorrufen könnte.

Vielleicht wollte er auch sehen, ob sein langer, strenger Blick, mit dem er mich immer wieder bedachte, mich nervös machen und mir eine verdächtige Geste oder ein falsches Wort entlocken würde. Aber wahrscheinlich war er nur besonders diensteifrig und wollte seinen Kollegen zeigen, dass er die Arbeit ernst nahm und korrekt ausführte.

Was auch immer den Mann angetrieben haben mag, ich werde es nicht mehr in Erfahrung bringen. Ich erinnere mich nur, dass ich während dieser stummen und recht unangenehmen Prozedur erstaunlich ruhig blieb.

Denn meine Papiere waren ja in Ordnung und ich hatte auch nichts zu verbergen, aber vor allen wiegte ich mich als Bürgerin der Bundesrepublik Deutschland in absoluter Sicherheit.

Nichts konnte damals meinen Glauben an das Land, das mich vor fast zwanzig Jahren aufgenommen hatte, erschüttern, und ich war sicher: Sollte ich tatsächlich an dieser oder an irgendeiner anderen Grenze festgehalten werden, würde eine der Behörden im westlichen Teil Deutschlands dafür sorgen, dass ich wohlbehalten wieder nach Hause komme.

Doch meine Gelassenheit schien nicht die Reaktion zu sein, die der Mann angesichts seines einschüchternden Auftretens erwartet oder vielleicht sogar erhofft hatte. Denn, als er mir den Pass zurückgab, tat er es mit einer abrupten, man könnte auch sagen unhöflichen Geste und sein »Danke« klang geradezu beleidigt.

Allerdings war das nicht das Ende der Kontrolle; noch mussten die Grenzer das Abteil durchsuchen. Dazu gehörte unter anderem ein genauer Blick unter die Sitze, wobei die Beamten dafür eine Taschenlampe zu Hilfe nahmen.

So auch dieser junge Mann, der – ich konnte genau sehen, wie er leicht zusammenzuckte – etwas gefunden zu haben schien.

Und tatsächlich: Zu meinem großen Erstaunen zog er unter dem Sitz, auf dem ich gelegen hatte, einen Briefumschlag hervor.

Ich begriff sofort: Als ich eingeschlafen war, musste der Briefumschlag aus meinem Buch herausgeglitten und durch den Schlitz zwischen Rückenlehne und Sitz der Bank auf den Boden gefallen sein. Da in dem Brief nur Privates zu lesen war, blieb ich weiterhin gelassen und musste über die Situation sogar lächeln.

Der Mann riss mit einer schnellen Bewegung das Blatt aus dem Umschlag, entfaltete den Brief und fing an zu lesen. Ich weiß noch, wie erstaunt ich war, dass er anscheinend verstand, was er las, weil der Brief auf Polnisch geschrieben war, und ich dachte nur: Alle Achtung, diese Grenzbeamten bekommen wohl eine Ausbildung, bei der sie eine so schwere Sprache lernen müssen.

Seine Augen folgten gierig den Zeilen und wieder hatte ich den Eindruck, dass er auf der Suche nach etwas war, das ihm erlauben würde, mir etwas vorzuwerfen. Denn, als ich erklärte, wie es dazu gekommen war, dass der Brief unter der Bank lag, schien er es gar nicht wahrzunehmen. Also wartete ich, während er vor mir stand und las.

Plötzlich verwandelte sich meine Gelassenheit in ein ungutes Gefühl und vor meinem inneren Auge sah ich, wie ich dem Mann den Brief aus den Händen reiße und ihn anfauche, wie er dazu käme, ohne Erlaubnis meine private Post zu lesen.

Gleichzeitig war mir bewusst, welche Folgen so eine Reaktion hätte haben können. Also schluckte ich meine Wut hinunter und ertrug die entwürdigende Machtlosigkeit. Zumal sich die Situation schnell entspannte: Enttäuscht darüber, nichts für ihn Interessantes in den geschriebenen Zeilen gefunden zu haben, gab mir der Mann ohne ein Wort meinen Brief zurück und verließ eilig das Abteil, wobei er mit Wucht und fast krachend die Tür hinter sich zuschob.

Diese unangenehme Erfahrung blieb mir noch lange im Gedächtnis, obwohl im Grunde nichts Schlimmes passiert war: Ich wurde nicht aus dem Zug herausgeführt, man hatte mich nicht verhört, an der Weiterfahrt nicht gehindert, ja, mir wurde nicht einmal eine Frage gestellt.

Und doch: Die Unwürdigkeit der Situation ließ mich zum ersten Mal begreifen, was es bedeutete, in einem System gefangen zu sein, das Privatsphäre und Meinungsfreiheit nicht kennt – ein beklemmendes, geradezu gruseliges Gefühl.

Irgendwann hatte ich diese Zugfahrt fast vergessen und ich lebte lange in dem Bewusstsein, durch Gesetze, Grundrechte und garantierte Freiheiten geschützt zu sein. Bis sich vor einigen

Jahren dieses beklemmende Gefühl erneut einstellte und die Erinnerung an die Zugfahrt wieder lebendig wurde.

Aber das ist eine andere Geschichte …

Venera Tirreno

Zur Besinnung kommen

»Wie gerne würde ich dich wiedersehen! Wir könnten ein paar Tage in der Nähe von Taormina zusammen verbringen.«

Das hatte er mehrmals am Telefon gesagt. Während seine warme, sinnliche Stimme das Blut in mir zum Schmelzen brachte.

»Meinst du das im Ernst?«, fragte ich unsicher. Dabei bebte mein Herz »a cento all'ora« [mit 100 Kilometern in der Stunde].

»Na klar, ich beantrage eine kurze Geschäftsreise und suche für uns ein schnuckeliges Hotel in der Nähe von Taormina.«

Einen Augenblick lang stockte mir der Atem.

Doch ich brauchte eine kurze Pause, um mich zu fassen und in der Lage zu sein, auf seine Frage zu reagieren. Mit leiser Stimme, so als ob ich vermeiden wollte, dass jemand meinen Worten lauschte, antwortete ich seufzend:

»Das klingt wunderbar! Wir müssen uns aber auf einen Termin einigen. Lass uns noch einmal darüber reden.«

Danach verabschiedeten wir uns. Ich hatte noch nicht aufgelegt, als der Satz »Un caldo abbraccio e un bacio« [herzliche Umarmung und Kuss] aus dem Hörer ertönte.

Nach langen, schlaflosen Nächten, Albträumen und Überlegungen entschied ich mich dann doch, die ersehnte und lang geplante Fahrt nach Sizilien, meiner alten Heimat, zu wagen, auch wenn Fragen über Fragen mein Gehirn belasteten und es zu sprengen drohten.

Ich meinte, ich hätte mehrere Bleikugeln im Schädel.

Und wenn er sein angenehmes Aussehen und seinen Reiz verloren hat? Und wenn ich ihm nicht mehr so attraktiv erscheine? Was würden meine Eltern von mir denken, wären sie noch am Leben? Mein Eheversprechen …

Trotz dieser Überlegungen blieb ich doch bei meiner Entscheidung, auch wenn mich mein zweites Ich mit der Mahnung quälte, der Pflicht einer Ehefrau nachzugehen. Immerhin war ich noch mit Andreas glücklich verheiratet. Er war derjenige gewesen, dem es gelungen war, mich als Jungfrau ins Bett zu bekommen.

Und doch wollte ich unbedingt Salvatore, dem Mann meiner Jugendträume, wieder begegnen.

Ich fragte mich selbst warum! Wahrscheinlich aus reiner Neugier. Oder weil ich etwas Neues ausprobieren wollte?

Salvatore war der Erste gewesen, der mein Herz und meinen ganzen Körper zum Beben gebracht hatte. Ich musste Ihn wieder küssen, so wie damals, als ich noch fast ein Kind war, das noch nicht wusste, wie man küsst, und deshalb die Zähne zusammengepresst hielt.

Sein Versuch, mit der Zunge meine Zähne auseinander zu bringen, war vergeblich. Ich verstand nicht, was er wollte. Ich wusste zu der Zeit nicht, was ein Zungenkuss ist. Und doch war ich richtig in ihn verknallt! Was war das für eine schöne Zeit! So unbeschwert, voller Unschuld und so arglos. Die schönste Zeit meiner Jugend.

Er war 21, ich gerade 16. Sein schwarzes, lockiges Haar fiel ihm über die Stirn und bedeckte fast seine großen, schwarzen Augen.

Ich hatte ihn vorher am Strand nie beachtet. Auch das Jahr zuvor war er mir nicht aufgefallen. Vielleicht, weil er den Großteil seiner Zeit auf dem Boot verbrachte. Wie ich später erfuhr, war er ein leidenschaftlicher Taucher und Segler. Ich war fasziniert von ihm.

Das Licht auf seinen schwarzen Pupillen zog mich wie ein Magnet an.

Kennengelernt hatte ich ihn am Strand, wo wir jedes Jahr unsere Sommerferien verbrachten. Zusammen mit zwei weiteren Familien aus unserer Verwandtschaft hatten meine Eltern eine »cabina« [Umkleidekabine] für die Sommersaison angemietet.

Meine Eltern hätten den eigentlich erschwinglichen Preis von fast 3 Millionen Lire (derzeit ca. 1.500 Euro) nicht aufbringen können. Schon damals stellte ich mir die Frage, was gewesen wäre, wenn meine Eltern diese cabina nicht hätten mieten können. Allein ihr Anteil war nämlich für unsere Verhältnisse kostspielig genug. Klar ist nur, dass ich ihn sonst nie kennengelernt hätte.

Mein Vater hatte einen kleinen Betrieb mit vier Mitarbeitern. Er stellte Luxusschuhe her. Ich erinnere mich noch, wie er wehleidig klagte:

»Die Kunden haben wenig Geld, wollen aber teure Schuhe haben. Auf mein Geld kann ich dann lange warten.«

Meine Mutter war eine glückliche Hausfrau und jammerte nie. Oft half sie meinem Vater beim Entwurf und Zuschnitt der Modelle. Überhaupt war sie eine sehr kreative Frau. Sie zeichnete und malte viel mit uns, insbesondere als wir noch klein waren. Sie las auch gerne und viel. Insbesondere las sie »fotoromanzi« [Fotoromane]. Foto-Lovestorys waren in den 60er Jahren sehr in.

Sie ließen kleine Liebesgeschichten in Form von Fotos und Sprechblasen mit romantischem Inhalt lebendig werden.

Eigentlich hatte unser Vater uns verboten, solche »stupidaggini« [solchen Blödsinn] zu kaufen oder zu lesen. Doch irgendwie schaffte es meine Mutter trotzdem, an diese Billig-Lektüre dranzukommen.

Meine erste Foto-Lovestory war die Leihgabe einer Freundin meiner Mutter. Ich muss zugeben, dass auch ich manchmal einen kurzen Blick hineingeworfen, manchmal sogar darin geblättert habe. Ehrlicherweise muss ich eingestehen, dass die darin abgebildeten Liebesszenen mich beeindruckten. In meiner Phantasie war ich neugierig und bildete mir ein, sie selbst zu erleben:

Wie wäre es, selbst die Protagonistin zu sein?

Aber, zurück zu meiner Jugendliebe.

Salvatore war sein Name, auf Deutsch »der Retter«.

Er gehörte zu einer Clique von Jugendlichen, die am »Lido« [Strand] zusammengefunden hatten und deren Eltern – ebenso wie meine – eine cabina angemietet hatten.

Abends, »al tramontar del sole« [bei Sonnenuntergang], saßen wir meistens vor dem Strandhäuschen und erzählten uns Witze. Manchmal versammelten wir uns am Meeresrand und sangen so laut wir konnten Lieder wie Azzurro oder I can't get no satisfaction, die damals en vogue und in aller Munde waren, begleitet von der Gitarre, die Salvatore immer dabeihatte.

Trotz meines fortgeschrittenen Alters, das schon die fünfte Dekade erreicht hatte, rüstete ich mich im Frühsommer mit dem notwendigen Mut und wagte es tatsächlich, den Frankfurter Bahnhof zu betreten und mir eine Fahrkarte nach Catania, Sizilien, zu kaufen.

»Hin- und zurück?«, fragte der Mann am Schalter mit einer monotonen Stimme, ohne mich anzuschauen.

Der Mann war circa zwanzig Jahre alt, wirkte aber schon so reif mit seiner Art. Weil er hinter dem Schalter saß, konnte ich nicht erkennen, ob er groß oder dick war. Aber, wie mir schien, hatte er eine gesetzte Figur. Seine blonden Haare waren recht kurz geschnitten, seine Augen waren von einem intensiven Blau, das mich an das Mittelmeer erinnerte.

Warum ich ihn so beobachtete, war mir nicht bewusst. Meiner Meinung nach hatte er bestimmt noch keine sexuellen Erfahrungen, nach seinen klaren und aufrichtigen Augen zu urteilen, die einen fast naiven Blick zeigten.

Plötzlich fiel mir ein, dass ich dem jungen Mann noch eine Antwort schuldig war. Deshalb unterbrach ich widerwillig meine neugierigen Gedanken und antwortete ganz automatisch, ohne zu überlegen: »Nur Hinfahrt«.

»Möchten Sie lieber über Rom oder Mailand fahren?«, wollte der junge Mann wissen.

Ich entschied mich für die Variante zwei.

»Also, eine Fahrkarte von Frankfurt nach Catania, über Mailand.«

»Nur Hinfahrt, richtig?«, fragte er erneut.

Anstatt zu antworten, begann ich mit meinen Gedanken zu spielen:

Ein Zwischenstopp in Mailand, um Michaela zu besuchen? Diese Idee gefiel mir.

Daran reihte sich der Gedanke, dass wir uns seit Jahren nicht mehr gesehen hatten.

Ich kann mich bis heute noch ganz genau an einen Abend erinnern, als Michaela mich in die Disco ausgeführt hatte. Der Abend war spritzig und lebendig gewesen. Wir tanzten um unser Leben: tobsüchtig, besessen, orgiastisch und pausenlos.

Wir waren nicht zu bremsen. Verrückte Zeit!

Damals fühlte ich mich so, als ob ich die Grenze des High-Seins erreicht hätte.

Als hätten wir eine maximale Portion Kokain genommen, dabei hatten wir nicht mal ein Glas Wein getrunken.

Ich weiß noch genau, wie die Blicke von Männern – jung wie alt – auf uns gerichtet waren. Dies gab uns einen weiteren Kick. Die zahlreichen Angebote von Verehrern, die uns Drinks ausgaben, nahmen wir an, aber wir gingen auf keine Einladung oder Abenteuer außerhalb des Lokals ein. Ich kannte Italien nur zu gut und konnte mir bestens vorstellen, wo das hingeführt hätte.

Die Stimme des jungen Mannes im Reisezentrum der Bahn unterbracht jäh meine Gedanken und brachte mich die Gegenwart zurück: »Ist alles ok? Geht es Ihnen gut?«

»Oh ja … ja, danke! Sorry, war nur in Gedanken …«

»Gut, dann kann ich die Fahrkarten also ausdrucken? Nur Hinfahrt nach Catania, über Mailand?«

»Ja, genau! Oder warten Sie … lieber nur Hinfahrt nach Mailand, so wäre es perfekt«, antwortete ich mit leichtem Stottern.

Ich bekam die Fahrkarte, bezahlte und drehte mich um. Erst beim Verlassen des Schalters merkte ich, was für eine lange Schlange sich hinter mich gebildet hatte.

Ich griff nach meinem kleinen aber schweren Trolley und begab mich zu dem Bäcker auf der B Ebene, den ich für seine guten Brezeln sehr schätze. Er ist richtig berühmt:

»Was in Japan ist der Tenno, ist in Frankfurt ›Brezel Benno‹!«

Ich kaufte jedoch nicht nur Brezeln, ich kaufte auch anderen Proviant. Als Italienerin kauft man Köstlichkeiten nicht nur einzeln, sondern mehrere zugleich (aus Sicherheitsgründen, denn man weiß nie, was kommt …).

Damit war alles für die Fahrt geregelt. Ich schaute auf mein Ticket:

ICE 75; 1 Sitzplatz, Wg. 23, Pl. 32 Fenster, Tisch ab Frankfurt 14:06 Uhr Gleis 11; Ankunft in Mailand: 21:17 Uhr.

Es war gerade 12 Uhr. Ich nutzte die verbleibende Zeit, um mir eine Zeitung zu besorgen. Endlich saß ich nun entspannt und von jeder Last befreit in dem ICE mit dem Zwischenziel Mailand.

Eine Fahrkarte für die Weiterfahrt nach Catania hatte ich nicht. Ich wollte sie mir später besorgen, denn ich hatte eine Übernachtung in Mailand geplant. Ich könnte für diese Strecke Mailand-Catania auch einen Flug buchen, fiel mir ein.

Aber an diesem Tag wollte ich mich nicht damit beschäftigen und genoss die an mir vorbeiziehende Landschaft. Gut, dass ich einen Fensterplatz reserviert hatte. Und noch besser, dass die anderen Plätze neben und vor mir zum Glück noch nicht besetzt waren.

Und so fühlte ich mich auch frei von Gedanken und Sorgen, die mich bisher beschäftigt hatten. Selbst die immer wiederkehrende Frage »Was wäre, wenn?« Stellte ich mir diesmal erstaunlicherweise nicht.

Ich war sehr erfreut über die Ruhe, die jetzt in mir eingekehrt war. Und so packte ich meine Zeitung aus und begann darin zu lesen. Es gab kein wichtiges Thema, das mich richtig interessiert hätte.

Ich entschied mich für die Wirtschaftsseite und schaute mir den deutschen Aktienindex an. Meine Augen folgten sorgfältig dem

Dax-Wert, dann atmete ich tief ein und lange aus: Verdammt, der Dax hatte auch heute mit Verlusten abgeschlossen.

»Oh nein! Nicht schon wieder!«, sprach ich leise aus.

Erfreulicherweise saß ich immer noch alleine, die andere Abteilung links von mir war auch nicht besetzt. »Coraggio« [nur Mut], so schlimm ist es auch nicht. Schließlich gibt es Dividenden … zumindest noch.

Meine Augenlider wurden schwer, ich konnte mich kaum noch konzentrieren. Ich war gerade am Dösen, als die Stimme des Schaffners mich aufschreckte.

»Fahrschein bitte!«

Ich holte meinen Fahrschein aus dem Rucksack heraus und reichte ihn hinüber. Eine lange Pause, dann:

»Sie wissen, dass Sie auf dem falschen Platz sitzen?«, sagte er mit leiser Stimme.

»Das kann nicht sein, auf der Fahrkarte steht Platz 32«, rechtfertigte ich mich.

»Ja, richtig, da steht Platz 32, aber in Wagen 23. Sie sitzen im falschen Wagen. Hier ist die 27«.

Ich schaute den Mann mit flehendem Blick an, um meine Enttäuschung auszudrücken. Er sollte an der Traurigkeit meiner Augen erkennen, wie ungern ich meinen Platz verlassen wollte.

»Sie können hier sitzenbleiben, solange dieser Platz nicht reserviert ist. Ansonsten müssen Sie den Platz freimachen«, sagte der Schaffner. Auf seinem Gesicht war ein Blick von Mitgefühl zu erahnen.

Der Mann könnte um die dreißig gewesen sein. Mit seinen blauen Augen und seiner hellen Haut sah er sehr deutsch aus. Unsere Blicke kreuzten sich für einen kurzen Augenblick erneut. Ich kramte in meinen Erinnerungen, dann erstarrte ich. Sein Gesicht kam mir unheimlich bekannt vor.

Eine kurze Stille setzte ein. Plötzlich sprang die Frage über meine Lippen, ob er aus der Nähe von Koblenz käme.

»Wie kommen Sie darauf?«

»Ich habe vor Jahren dort gelebt …«

»Ach so! Ja, mein Vater kommt von dort.«

Lächelnd entschuldigte ich mich für meine indiskreten Fragen und erzählte weiter:

»Wissen Sie, der Bruder meiner Freundin hat in Koblenz studiert. Seine Familie hatte an der Mosel ein Weingut betrieben.«

»Das ist aber sehr interessant. Zufälligerweise waren auch meine Großeltern Besitzer eines Weinguts an der Mosel. Die Gegend ist ja voll davon. Früher gab es noch mehr Weingüter«, fügte der Schaffner hinzu.

»Ja, einige haben aufgegeben, weil es an Nachfolgern mangelt«, sagte ich.

»So war es auch bei meinen Großeltern. Mein Vater interessierte sich schon damals nicht für Weinberge.«

»Dies erinnert mich an den Bruder meiner Freundin. Er hat sich von dem Weingut seiner Eltern ferngehalten. Er hat lieber Elektrotechnik studiert und, wenn ich mich nicht irre, wollte er danach seine Karriere bei der Bahn starten.«

Sofort blitzte ein Licht in seinen Pupillen auf. Plötzlich war auch der Name des Weinguts in meinem Kopf.

»Weingut Haase«, entwischte es mir.

Dann zog sich das Gespräch in die Länge und am Ende stellte sich heraus, dass ich sogar seinen Vater persönlich kannte.

Schließlich verabschiedete sich der Kontrolleur mit dem Satz: »Ich muss leider weiter; aber ich komme wieder.«

Ich hatte nicht nur Glück mit meinem Platz, sondern auch damit, dass ich den Sohn eines guten, alten Bekannten getroffen hatte.

Ich versuchte, mich zu entspannen. Ich streckte meine Beine aus und legte meinen Kopf nach hinten auf das Nackenkissen. Plötzlich kamen meine Erinnerungen an Koblenz hoch, den Ort, wo Helmut Elektrotechnik studiert hatte.

Ich war damals noch jung. Mit meiner Freundin und ihrem Bruder Helmut flanierten wir oft durch die engen Gassen der Altstadt von Koblenz, bevor wir eine Veranstaltung in der Festhalle besuchten. Dabei konnten wir es nicht unterlassen, eine kleine Jagd auf die Häschen zu starten, die verzweifelt Schutz unter den Büschen des Parks suchten.

Helmut war der Jagdführer. Auch er hatte sehr schöne Augen, die denen seines Sohnes glichen. Seine Augenbrauen waren so dicht, dass man sie fast hätte kämmen können. Genauso wie diejenigen seines Sohnes.

Ich mochte Helmut. Er war ein guter Freund und wir konnten uns lang über jedes blödsinnige Thema unterhalten. Ansonsten hielt ich mich zurück, zumal ich mitbekommen hatte, dass er eine Freundin hatte, die im Westerwald lebte.

Außerdem kam mir zu Ohren, dass meine damalige Freundin, seine Schwester, deren Name mir leider entfallen ist, mich mit einem Studenten aus der Clique hatte verkuppeln wollten. Allerdings war ich nicht an ihn interessiert gewesen.

Dass dieser Student aus einer reichen Familie kam, besaß auch keinen Reiz für mich. Schon damals dachte ich zwar oft an meine italienische Liebe, aber zu einer festen Bindung war ich noch nicht bereit gewesen. Ein Zustand, der lange anhielt, weil ich meine Freiheit schätze.

Ich war auch dann noch nicht bereit, als ich mich Hals über Kopf in Andreas verliebte und ihn Jahre später heiratete. Nicht nur aus Liebe, sondern auch, weil ich meine Eltern nicht enttäuschen wollte.

»Es ist beschämend! Für eine echte Sizilianerin gehört es sich nicht, in wilder Ehe zu leben!«, hatten sie mir immer gesagt.

Trotz dieser Ehe nutzte ich jede Möglichkeit, meine Freiheit zu genießen. Ich ging nicht fremd, nein, ich fand nur immer einen Grund, um alleine wegzugehen. Sei es ins Kino oder in Vorträge, die mich nicht immer interessierten. Hauptsache, ich konnte selbst entscheiden, wann und wohin mich meine Lust führte.

Dass meine Ehe trotz allem so gut lief, hatte ich auch meinem Mann zu verdanken. Ungeachtet der vielen Ehejahre waren wir noch sehr verliebt. Aber das Gute war, dass er sich oft im Ausland aufhielt und ich somit meine Freiheit genießen konnte. Ich spürte nicht etwa den Bedarf, ihn zu hintergehen, nein, ich hatte nur das Verlangen nach Unabhängigkeit, schon damals wie heute.

Aber an diesem Tag war es anders. Diesmal wollte ich mich selbst testen und sehen, ob ich es schaffen würde, mich in einen zweiten Mann zu verlieben. Aus reiner Neugier. Ich wollte unbedingt ausprobieren, wie es sich anfühlt, Zärtlichkeiten mit einem anderen Mann auszutauschen.

Während ich im Zug saß und meinen Gedanken nachging, warf ich einen Blick auf die Uhr. Es war schon 15:30 Uhr. Wie schnell die Zeit vergangen war!

… Und wo blieb der Kontrolleur?

Etliche Stunden waren vergangen seit meinem kleinen Biss in mein Brötchen. Ich hatte zwar Lust, da wieder hineinzubeißen, in das mit Schinken und Käse belegte Brötchen, dessen Wohlgeruch ständig meine Nase kitzelte, aber diese Idee reizte mich nicht wirklich.

Bis ich mich dann, vom Hungergefühl getrieben, dazu entschied, einen Blick in den Speisewagen zu werfen. Ich musste durch zwei Waggons laufen, bis ich dort angelangt war.

Ich staunte: Fast alle Tische waren belegt. Der Speisewagen schien vom Geruch des frischgezapften Biers und dem fröhlichen Gelächter der Gäste überflutet zu sein.

Ich zögerte zunächst, einen Schritt nach vorne zu wagen. Doch dann erblickte ich eine Frau, die einen Tisch für sich alleine beanspruchte. Ungeniert marschierte ich in ihre Richtung.

»Entschuldigung! Stört es Sie, wenn ich an diesem Tisch Platz nehme?«

Die Frau schaute mich lang und neugierig an. Ich fragte mich, was sie an mir entdeckt hatte. Ich überlegte, ob ich falsch oder schlecht gekleidet sei. Oder verriet ihr mein Aussehen meine mediterrane Herkunft?

»Bitte nehmen Sie Platz, aber wir werden nicht lange allein sein. Ein weiterer Gast wird hinzukommen.«

»Ich werde mich nicht lange aufhalten, ich möchte nur ein Bier bestellen und, sobald der neue Gast hier sein wird, werde ich mich an die Theke stellen.«

Die Frau musste in meinem Alter sein. Sie war sehr seriös gekleidet und stark geschminkt. Ich machte es mir an der Ecke des Tisches bequem und ließ den Platz ihr gegenüber frei. Es wäre bestimmt angenehmer für sie, wenn der erwartete Gast ihr gegenübersäße.

»Ich fahre nach Mailand, um eine Freundin zu besuchen! Darf ich fragen, welches Ziel Sie haben?«

Die Frau schaute mich verlegen und entgeistert an.

»Entschuldigung, ich dachte, wir hätten vielleicht dasselbe Ziel!«, sagte ich lächelnd und diskret.

»Nein, ich steige früher aus«, antwortete sie.

Ich bestellte mir ein Bier und schaute auf die Menükarte.

»Kennen Sie den Lago di Lugano?«, fragte ich sie mit lockerer Stimme.

»Klar! Ich wohne in San Mamete, einem kleinen Ort an der wunderbaren Luganer Seepromenade. Dort ist mein zweiter Wohnsitz.«

»Ach so! Ich bin mehrmals am Lago di Lugano vorbeigefahren, als ich schon einmal auf dem Weg nach Mailand war.«

Damit war das Eis zwischen uns gebrochen.

»Dann wissen Sie ja, wie schön es dort ist.«

»Oh ja. Ich habe sogar mit meinem Mann am Lago übernachtet. Morgens, als wir weiterfahren wollten, war ich vom Panorama des Lago geblendet«, gab ich zu.

»Für mich ist der Luganer See ein Ort der Besinnung. Dorthin ziehe ich mich zurück, wenn ich Ruhe suche. Mehrmals im Jahr fahre ich hin«.

Das Bier wurde inzwischen serviert. Ich trank einen großen Schluck und genoss den Geschmack des bitteren Schaumes. Von der Dame erfuhr ich so einiges, zum Beispiel, dass ihr Leben in Deutschland langweilig sei, dass sie in San Mamete abschalten und Erholung suchen wollte.

Der Stuhl ihr gegenüber war immer noch nicht besetzt. Dann klingelte ihr Handy. Blässe machte sich langsam auf ihrem Gesicht breit.

Mittlerweile wurde mein Salat mit Hühnchen serviert. Es war nichts Besonders, doch eine gute Kombination mit frisch gezapftem Bier.

»Guten Appetit!«, wisperte die Dame. »Lassen Sie es sich gut schmecken.« Dann fügte sie halblaut hinzu:

»Sie können in Ruhe ihr Essen verspeisen. Die Person hat in Baden-Baden den Zug verpasst.«

»Oh, es tut mir leid. Ich hoffe, Sie müssen deswegen nicht aussteigen!«

Ein Schatten von Traurigkeit verdunkelte ihr Gesicht.

»Ich fahre weiter«, sagte sie mit gesenktem Kopf. Dann stand sie auf und verließ den Speisewagen. Ihre Jacke blieb auf der Sitzbank liegen, wie verlassen.

»Sie muss zurückkommen«, dachte ich, »denn bezahlt hat sie noch nicht«.

Es war inzwischen 16:00 Uhr. In einer knappen Stunde würde der Zug in Basel anhalten und ich musste umsteigen, um den nächsten Zug nach Mailand zu nehmen.

Ich verlangte die Rechnung und, während ich zahlte, sah ich meine Tischnachbarin mit kleinen Schritten auf mich zukommen. Sie sah verändert aus: Ihre Schminke war etwas verlaufen, wie vom Regenwasser weggewischt, und ihre Augen hatten an Glanz verloren – durch die Rötung, die ihre Tränen hinterlassen hatten.

»Ich wollte gerade in mein Abteil zurück. In einer Stunde sind wir in Basel und ich muss dort umsteigen«, gab ich zu.

»Es geht mir genauso. In Basel haben wir allerdings wenig Zeit für den Anschluss. Wer weiß, vielleicht treffen wir uns wieder auf der Strecke Basel-Mailand.«

Dann verabschiedete ich mich und ging auf meinen Platz zurück.

Ich war erstaunt, als ich das Ehepaar betrachtete, das sich inzwischen in meiner Nähe hingesetzt hatte. Beide waren im mittleren Alter, mit grauen Haaren.

Es war sehr merkwürdig, dass er eine Sonnenbrille trug. Sehr fehl am Platz, zumal von draußen keine Sonne in den Zug eindrang.

»Wer weiß, vielleicht hat er Augenprobleme«, dachte ich.

Zu meiner großen Überraschung reichte mir der neue Fahrgast ein kleines Brieflein:

»Es ist für Sie, der Kontrolleur hat mich gebeten, Ihnen diesen Brief auszuhändigen.«

Ein wenig verlegen bedankte ich mich und nahm meinen alten Platz ein.

Am liebsten hätte ich den Inhalt sofort gelesen, zögerte jedoch ein wenig und wartete, bis das Paar sich mit leiser Stimme unterhielt.

»Herzliche Grüße vom Kontrolleur. Vater würde sich freuen, von Ihnen zu hören«, stand auf dem Stückchen Papier, das im Umschlag steckte. Die Handy-Nummer hatte eine italienische Vorwahl.

Vor meinen Augen sah ich eine Flut von Erinnerungsfetzen meiner Jugend vorbeirauschen. Dann raffte ich meine Sachen zusammen und lief Richtung Toilette, um ein Telefongespräch zu führen.

»Ich bin im Moment nicht erreichbar, versuchen Sie es später noch einmal«, sagte die automatische Stimme der Mailbox.

Pünktlich um 16:55 Uhr hielt der Zug in Basel an. Ich hatte mich beeilt und konnte als erste aussteigen. Mit meinem vollbepackten Koffer erreichte ich keuchend meinen Anschlusszug, stieg ein und suchte meinen Platz. Endlich konnte ich ohne weitere Umsteigehektik auf meinen Platz niedersinken und es mir gemütlich machen.

Der Gedanke an jene Frau, die ich im Speisewagen getroffen hatte, verfolgte mich. Auch an den Mann, der nicht erschienen war, musste ich denken. Wer könnte er gewesen sein? Warum wollten sie sich treffen? Vielleicht hatte sie mit ihm telefoniert, als sie sich kurz vom Speisewagen entfernt hatte.

Der Inhalt dieses Gesprächs hatte sie vermutlich zum Weinen gebracht. Diese Gedanken führten meine Fantasie zum Ergebnis, dass sie auf ein Date verabredet gewesen waren und er jedoch im letzten Moment gekniffen hatte.

Ich verglich mich mit dieser Frau und spürte eine Gemeinsamkeit in unseren Schicksalen. Auch ich hatte ein Date vor mir. Meinem Mann hatte ich erzählt, dass ich meine Verwandten besuchen wollte, was nur zum Teil stimmte.

Eine unbeschreibliche Unruhe wuchs in mir.

Plötzlich griff ich nach meinem Handy und wählte eine Nummer mit italienischer Vorwahl, und zwar die von Salvatore. Der angerufene Teilnehmer war nicht erreichbar, deshalb entschied ich mich für eine Nachricht auf Band:

»Bin im Zug, werde aber einen Stopp in Mailand einlegen, wie schaut dein Plan aus? Warte auf deine Nachricht. ›Baci e abbracci‹«. Dann legte ich auf.

Bevor ich das Handy in meine Tasche steckte, schaute ich auf die Nummer, die der Kontrolleur mir aufgeschrieben hatte. Zögerlich warf ich einen Blick um mich herum. Keine Fahrgäste waren in der Nähe. Dann wählte ich die Nummer von Helmut Haase.

Kaum hatte ich gewählt, hörte ich eine mir sehr bekannte Stimme sagen:

»Ciao carissima, schön dich zu hören«.

Bevor er mehr sagen konnte, unterbrach ich ihn mit dem Satz:

»Woher weißt du, dass ich es bin?«

»Reine Intuition. Ich dachte mir, dass du anrufen würdest!« Und weiter: »Mein Sohn hat mich davor gewarnt!«.

»Deine Stimme hört sich so nah an!«, unterbrach ich ihn. »Warum hast du eine italienische Nummer?«

»Ich habe mich entschieden, den Sommer in Italien zu verbringen.«

Das Gespräch ging noch weiter. Er war mit seinem Wohnwagen in der Nähe von Mailand. Wir vereinbarten ein Wiedersehen.

Zwischen Gesprächen und Gedanken merkte ich nicht, wie die Zeit verflogen war. Der Zug näherte sich dem Luganer See.

Viele Ideen fingen plötzlich in meinem Kopf an zu rotieren:

Den Termin mit Michaela in Mailand absagen, auf die Antwort von Salvatore warten, ein Treffen mit Helmut vereinbaren …

Dann dachte ich an die Frau, die ich im Speisewagen kennengelernt hatte.

Es waren einfach zu viele offene Pläne, die darauf warteten, umgesetzt zu werden.

Gewissensbisse regten sich in mir. Ich konnte mich nicht entscheiden, was ich tun oder lassen sollte. Meine alten Gewohnheiten meldeten sich wieder zu Wort.

In meinem Leben war es nie anders gewesen. Immer dann, wenn ich vor einer Entscheidung stand, schwirrte mein Geist bis zu den Wolken. Was wäre, wenn ich mich nicht mit Helmut Haase in Mailand treffen würde? Oder wenn ich weiter nach Sizilien fahren würde?

Und so lehnte ich meinen Kopf an die Sessellehne und schloss die Augen.

Wie der Blitz aus heiterem Himmel, hatte ich plötzlich eine Idee. Eine sehr verrückte Idee, würden viele vielleicht denken.

Ich sammelte schnell meinen Kram, zog meine Jacke an, packte meine Handtasche und den Trolley und verließ entschlossen meinen Platz.

Aus dem Lautsprecher hörte ich die Ansage:

»In wenigen Minuten erreichen wir den Bahnhof von Lugano. Passen Sie auf Ihr Gepäck auf. Wir wünschen Ihnen einen angenehmen Aufenthalt in Lugano.«

So bepackt lief ich eilig in Richtung Ausgang. Ich fühlte mich wie ein Roboter, der seine Befehle ausführte. Nur dass die Befehle nicht von einer Maschine, sondern von meinem Kopf ausgingen. Nur für einen Augenblick gelang es mir, zwischen den vielen Köpfen hindurch aus dem Fenster zu schauen.

Ich konnte sogar die Konturen und das rötliche Wasser des Sees erspähen.

Währenddessen lähmte ein fantastischer Sonnenuntergang meinen Körper und meine Glieder.

In diesem Augenblick spürte ich, wie mein alter Wunsch, eines Tages am Luganer See zu weilen, in meinem Herzen so heftig brodelte, dass er hier und jetzt erfüllt werden musste.

»Warum nicht eine Pause hier einlegen?«, sagte ich zu mir selbst.

Auf einmal tauchte in meinem Kopf der Name »Il Canneto« [das Schilf] auf. In diesem Hotel hatte ich vor vielen Jahren mit meinem Mann Andreas übernachtet.

Ob es das Hotel noch gab?

Ich konnte mich vage erinnern, dass es nicht weit vom Bahnhof entfernt war und man nur zehn Minuten zu Fuß von dort zur Seepromenade brauchte.

Eine mir wohl bekannte Stimme meldete sich hinter meinen Rücken:

»Schön, dass ich Sie wieder treffe! Wollten Sie nicht bis Mailand fahren?«

Es war die Stimme der Dame vom Speisewagen.

»Sie haben recht, doch dieser Sonnenuntergang hat mich dazu angeregt, meine Pläne umzukrempeln.«

»Wenn Sie sich für diesen Ort entschieden haben, müssen Sie unbedingt nach San Mamete kommen! – ›Uno splendore!‹ [eine Pracht!] – Sie werden staunen«, sprach die Dame mit einem entspannten Lächeln.

»Oh ja, ich denke darüber nach, aber zuerst werde ich hier übernachten. Kennen Sie das Hotel ›Il Canneto‹?«

»Ja klar!«, antwortete sie. »Es befindet sich ganz in der Nähe und hat einen wunderbaren Blick zum See.«

Merkwürdig fand ich, wie das Verhalten dieser Frau sich so plötzlich geändert hatte. Die Spuren der Traurigkeit, die ich auf ihrem Gesicht erkannt zu haben glaubte, waren wie weggewischt. Wie Staub, den man mit einem Tuch vom Spiegel entfernt.

Wir plauderten noch etwas, dann rannte sie zum Bus, der sie nach San Mamete bringen sollte. Ich nahm hingegen ein Taxi zum Hotel. Auch wenn es inzwischen fast dunkel geworden war, konnte ich noch den Hoteleingang mit seinem rundlichen Vorbau und den wunderbaren Plantagen am Wegesrand wiederkennen.

Trotz der Dämmerung fühlte ich mich an diesem Abend so entspannt wie nie zuvor. Bei einem Glas Wein versuchte ich, meinen Plänen eine Struktur zu geben.

Ich musste unbedingt zur Besinnung kommen. Dabei fiel mir ein Satz ein, der mir aus dem Gespräch mit der Frau in Erinnerung geblieben war:

»Für mich ist der Luganer See ein Ort der Besinnung. Dorthin ziehe ich mich zurück, wenn ich Ruhe suche.«

Dieser Satz hatte in meinem Kopf Wurzeln geschlagen und beschäftigte mich. Nachdem ich über San Mamete Informationen gesammelt hatte, beschloss ich, dieses Städtchen zu besuchen und plante einen Aufenthalt dort. Es war schon fast Mitternacht, als ich mir beim zweiten Glas Wein endlich einen klaren Blick über meine Situation verschaffen konnte.

Ich hatte verschiedene Anrufe hinter mich gebracht. Zwei Verabredungen lagen vor mir.

Eine war die Begegnung mit Salvatore, der mir ganz aufgeregt und heilig versprochen hatte, mich am Luganer See zu besuchen. Der Tag stand aber noch nicht fest. Schließlich hatte ich noch vor, nach Sizilien zu fahren.

Der zweite Anrufer war Helmut Haase:

»Ich kann jederzeit nach Lugano kommen, auch morgen schon. Warte nur auf deinen Anruf«.

Das Treffen mit meiner Freundin in Mailand hatte ich erstmal verschoben.

Die Nacht im Hotel war kurz und unruhig. Die Erinnerung an die damalige Übernachtung mit Andreas, meinem Super-Ehemann, ließ mich nicht los. Sie lag zwar einige Jahre zurück, doch die Erinnerungen waren immer noch sehr wach in mir.

Er verstand es sehr wohl, ein guter Lover zu sein. Seit 25 Jahren waren wir glücklich verheiratet. Wir hatten beschlossen, keine Kinder zu haben, weil wir die Zeit nur zu zweit genießen wollten. Schuldgefühle rumorten in meinem Bauch, weil ich ihm nicht die ganze Wahrheit über diese Reise erzählt hatte:

»Ich fahre nach Sizilien, aber ich möchte vorher einen Halt in Mailand einlegen«, hatte ich zu ihm gesagt. Er wusste, dass dort Verwandte und Freunde von mir wohnten, und dass ich sie oft bei meinen Trips nach Italien auch besuchte.

Nun war er auf einer Geschäftsreise im Ausland unterwegs. Deshalb hatte ich diesen Plan geschmiedet.

Eingehüllt in einer Wolke von Gedanken schlief ich irgendwann doch ein. Geweckt wurde ich vom Klingeln meines Handys.

»Pronto!«, sprach ich mit einer Stimme, die wie aus einem Kellergewölbe klang.

Helmut Haase war in der Leitung. Er erkundigte sich, ob er mich im Laufe des Tages besuchen könnte.

Ich war zunächst perplex, brauchte einige Sekunden, um mir darüber im Klaren zu werden, wo ich mich überhaupt befand. Mein Kopf fühlte sich noch wie in einer Nebelwolke verhüllt.

Gähnend antwortete ich:

»Warum denn nicht?«. Dabei streckte ich meine Glieder, um mich zu vergewissern, dass sie mir gehörten.

Dann sprach ich weiter:

»Du weißt aber noch nicht, dass ich morgen nach San Mamete fahre!«

Auf Empfehlung und mit Hilfe des Hotelbesitzers hatte ich tatsächlich ein fantastisches Apartment direkt am See mit wunderschöner Aussicht reserviert. Dort wollte ich einige Tage verbringen.

»Das hört sich wunderbar an!«, klang es aus der Leitung.

Dann weiter:

»Ich komme mit meinem Wohnmobil und fahre dich hin. Wir können die Gegend besuchen, und, wenn du es möchtest, lade ich dich in ein bezauberndes Lokal zum Essen ein.«

Dieses Treffen mit Helmut entwickelte sich zu einer sehr überraschenden und nützlichen Begegnung für mich. Während der Fahrt unterhielten wir uns lange und sprachen so, als ob es die vielen Jahre, die dazwischen lagen, nicht gegeben hätte.

Er führte mich in ein Restaurant, dessen Lage nicht schöner hätte sein können. Allein der Name »Al Pellegrino« [zum Pilger] ließ meine Phantasie in paradiesischen Gegenden wandern. Ebenso die Adresse »Via al Santuario« [Weg zum Wallfahrtsort], die in mir große Neugier weckte.

Er kennt sich gut aus, dachte ich mir. Der Blick zum See, der wolkenlose Himmel, der für die besten Farben in unserer Umgebung sorgte, faszinierten mich total. Ich fühlte mich wie ein jung verliebtes Mädchen.

Wir sprachen gerne und lange, während wir, ungestört vor fremden Blicken, unsere Aperitifs auf der Terrasse genossen. Helmut hielt sein Glas relativ lange in der Hand, während sein Blick meinem zu begegnen schien.

»Kannst du dich an die Koblenzer Zeit erinnern?«, fragte ich auf einmal, um diesen Stillstand zu unterbrechen.

»Kannst Du jetzt in meinen Gedanken lesen? Merkwürdig! Also, ich habe auch gerade daran gedacht.«

Dann fing er an, Dinge zu erzählen, die mich erschaudern ließen.

»Weißt du, dass ich damals Knall auf Fall in dich verliebt war? Aber du hast mich nur als einen Spieljungen betrachtet.

Da tauchte Andreas auf, ein langer Kerl mit langem Bart. Ich wusste dann, dass ich das Spiel gegen ihn verloren hatte«.

»Was sagst du da? Du warst schon in festen Händen. Deine Verlobte, die ich leider nie gekannt habe, wartete darauf, geheiratet zu werden, sobald du dein Diplom in der Tasche hattest. So hat es mir deine Schwester erzählt. War es nicht so?«

Die Diskussion zog sich in die Länge.

Tatsächlich hatte Helmut nach seinem Diplom nicht geheiratet. Er hatte so lange gewartet, bis ich unter die Haube kam. Das geschah viele Jahre später, weil sein Kommilitone Andreas entschieden hatte, ein zweites Studium in Aachen zu beginnen.

»Ich habe fünf Jahre auf dich gewartet. Erst als ich sicher war, dass du glücklich verheiratet warst, habe ich neue Pläne für mich geschmiedet und habe meine Verlobte geheiratet.«

Auf meine Frage, ob es eine glückliche Ehe gewesen wäre, konnte er nicht richtig antworten.

»Wir haben einen wunderbaren Sohn bekommen, wie du weißt. Danach ist sie erkrankt. Sie hatte nicht viel von ihrem Leben gehabt und ich habe beschlossen, nicht mehr zu heiraten.«

Inzwischen war es schon Nachmittag geworden. Die Sonne stand hinter dem Berg und färbte den Himmel orange. Seine Farbe spiegelte sich im Wasser feuerrot.

Ich hob den Kopf. Mein Blick blieb für einen Augenblick stehen. Ich bildete mir ein, ein Bild von Casper David Friedrich zu betrachten.

Dann fuhren wir mit seinem Wohnwagen in das Apartment in San Mamete.

Helmut erwies sich als ein echter, wahrer Freund. Trotzdem – oder gerade deswegen? – sparte er nicht an Moralpredigten.

Zu meinen ehebrecherischen Absichten sagte er:

»Auf eine langjährige eheliche Verbindung sollte man nicht mit den Füßen herumtreten, sondern sie behutsam pflegen, damit sie hält, bis dass der Tod Euch scheidet.«

Zwischen mir und ihm hatte sich nunmehr eine noch intensivere, freundschaftliche Beziehung entwickelte, aus der aber niemals mehr geworden ist.

Seine Art zu reden hat mich beeindruckt und überrascht und hat Nachwirkungen bei mir hinterlassen. So fing ich wieder an, neue Pläne zu schmieden.

Ich genoss die Einsamkeit und die Spaziergänge am Seeufer und in den Bergen.

Diese Zeit wirkte wie Magie auf mich.

Ich fühlte mich wie neu geboren in diesem winzigen am Seeufer gelegenen Ort San Mamete! Ich stand wie hypnotisiert vor der malerischen Berglandschaft und dem grünblauen See mit seinen kleinen Ortschaften, die mir wie gemalt erschienen.

Nach dem Besuch von Helmut, so war ich überzeugt, hatte mir dieser Ort die Augen geöffnet und mir meinen verlorenen Verstand zurückgegeben.

Ich wollte diese göttliche Gegend nach einer Woche verlassen und versprach mir selbst, bald wieder zu Andreas zurückzukommen, statt Salvatore zu begegnen.

Auf die Weiterfahrt nach Sizilien wollte ich auch verzichten.

Bei dieser Entscheidung fühlte ich mich schlagartig von der Last meiner zahlreichen Wünsche und Pläne befreit, die wie ein schwerer Holzbündel auf mich gedrückt hatten.

Dieses Gefühl blieb in mir bestehen, jedenfalls bis zu jenem nächtlichen Traum, der meine Sinne eroberte und meinen Körper durchwühlte.

~ * ~

Es war Nacht, mein Körper ruhte selig auf dem gemütlichen Bett meines angemieteten Luxus-Apartments in San Mamete. Das Licht der Mondsichel drang durch das Fenster und fiel sanft auf die Vorhänge. Sie waren weiß und aus zartem Stoff. Eine leichte Brise ließ sie wellenartig hin und her schaukeln

Ich lag auf der Seite in meiner Lieblingsposition, bis ich plötzlich zwei Finger an meinem Körper spürte. Wie ein Hauch streichelten sie meinen Hals. Sie bewegten sich ganz langsam und glitten federleicht über meinen Rücken, bis sie dann wieder zum Nacken emporstiegen. Mein Körper vibrierte bei jeder Berührung im Rhythmus der Wellen des Sees.

Das Verlangen nach Zärtlichkeit zwang meinen Körper, seine Position zu ändern. Jetzt waren es meine Hände, die sich an seine Brust herantasteten, zwischen seinen ergrauten Haaren wühlten, die sich weich wie Samt anfühlten. Seine Haut brannte wie Feuer …

Mit seinen kräftigen Händen berührte er meinen Kopf und druckte ihn so fest an sich, als ob er meinen Verstand zerquetschen wollte.

Jedes Glied meines Körpers bebte, jeder Atemzug von ihm wirkte wie eine Liebkosung. Mit meinem Zeigefinger zeichnete ich ein Herz um seinen feuchten Mund. Ich zeichnete so lang, bis unsere Lippen sich trafen und gegeneinanderpressten.

~ * ~

Nach diesem Traum und nach der Nachricht von Salvatore am nächsten Tag (»Ich bin auf dem Weg zu Dir«) konnte ich nicht widerstehen und musste ihn treffen.

Mein Verlangen nach ihm steckte zu tief in mir.

»Es kann doch nicht einfach mit diesem Traum enden«, dachte ich.

Obwohl mein Kopf mich weiterhin mahnte, vernünftig zu sein, trieben mich meine neuen Gefühle dazu, ganz anders zu handeln, als ob mein Kopf und mein restlicher Körper nicht mehr zusammengehörten. Ich war unfähig, meinen Verstand zu benutzen, geschweige denn, ihm zu folgen.

Was war mit mir los? Warum konnte ich nicht bei meiner Entscheidung bleiben?

Das Verlangen nach dem unbekannten Erlebnis war größer als meine Vernunft.

Und so bewegte ich mich entschlossen vorwärts, meinem Wunsch entgegen.

Die Begegnung mit Salvatore war ein Märchen. Er war zwar nicht mehr der dynamische Typ von damals, er hatte aber doch nichts von seiner Anziehungskraft verloren.

Er verstand es gut, mir mit Komplimenten zu schmeicheln:

»Du siehst weiterhin so bezaubernd aus wie damals.«

»Bitte hör auf zu lügen«, unterbrach ich ihn.

»Nein, ich bin von Natur aus ein ehrlicher Mensch. Wäre ich dir zufällig begegnet, hätte ich dich sofort wiedererkannt.«

»Haha, bist du sicher?«

»Deine prachtvolle Haarmähne könnte ich niemals übersehen.«

Wir standen am Fenster meines Appartements, das zum See blickte. Ich spürte, wie er mich mit seinen schwarzen Augen fixierte. Bis ich seine Konzentration mit einem leichten Schubsen unterbrach. Dabei fielen wir einander in die Arme und landeten auf dem Teppich. Es verging eine Zeit, bis wir uns aufrichten konnten.

Wie schon erwähnt war Salvatore schon in seiner Jugend ein begeisterter Segler.

Mit ihm auf den Gewässern des Luganer Sees zu Segeln, war ein wahrer Genuss.

Auf dem Boot und in seiner Nähe zu Segeln gab mir das Gefühl, beschützt und geborgen zu sein. Auch dann, wenn unser Verlangen nach mehr Körpernähe größer war als die Macht unseres Verstandes.

Mit geschlossenen Augen genoss ich diese kostbaren Augenblicke. Wiegend auf den Wasserwellen, die sich mit den Sonnenstrahlen vermischten, die sich darin spiegelten.

Ich öffnete wieder meine Augen und schaute hoch in den Himmel. Während die Wellen das Boot leicht wie eine Wiege schaukeln ließen, rollte eine Träne langsam meine Wangen hinunter.

Ein stimmloses Wort entging meinen Lippen: »Perdono!« [Verzeihung!]

~ * ~

Die Nacht vor seiner Abreise bleibt in meinem Tagebuch und in meinen Erinnerungen eingemeißelt, wie eine Legende. Wie jener Traum, den ich davor gehabt und der sich nun abgespielt hatte.

Der Traum eines Märchens mit zwei Darstellern.

Der Abschied von Salvatore war schmerzhaft, mit einem Kuss hatte er meine Träne weggewischt.

»Ci rivedremo presto« [Wir werden uns bald wiedersehen].

~ * ~

Ich wollte nicht von ihm zum Bahnhof begleitet werden; absichtlich ging ich nicht auf seinen Vorschlag ein, mich zu fahren.

Am Tag meiner Abreise war der Bahnhof von Lugano einsam. Nur wenige Passagiere stiegen mit mir ein.

Mit einer herzlichen Umarmung verabschiedete ich mich von Rita, so hieß die Dame aus dem Speisewagen. Während meines Aufenthalts am Luganer See hatten wir Kontakt aufgenommen und uns mehrmals getroffen. Und nun hatte sie liebevoll darauf bestanden, mit mir zum Bahnhof zu fahren. Sie hätte Zeit. Ihr Freund würde nicht mehr nachgekommen, sagte sie mit einem Lächeln.

Erstaunlich, wie sich ihre Ausstrahlung so schnell verändern konnte. Wie umgewandelt erschien sie mir. Ihre Augen leuchteten wie Glühwürmchen auf ihrem Gesicht.

»War es das blaue Wasser des Sees, das sich darin spiegelte?«, fragte ich mich. Durch ihr sportliches Outfit erschien sie mir viel jünger, als ich sie in Erinnerung hatte. Wie war es möglich, dass dieser »Ort der Besinnung«, wie sie ihn genannt hatte, dieses Wunder bewirkt hatte?

Im Grunde hatte ich es ihr zu verdanken, dass ich an diesem paradiesischen Ort abgestiegen war, wo ich erst am Ende, aber nicht zu spät, fähig wurde, wieder zur Besinnung zu kommen.

Denn ich wusste schweren Herzens, dass es nie mehr ein Wiedersehen mit Salvatore geben würde. Meine Reise begann mit dem Wunsch, meine Jugendliebe zurückzuerobern.

Diesen Wunsch hatte ich realisiert und war nunmehr erfüllt.

Und so fuhr ich, ohne ein Versprechen auf eine neue Begegnung, aber mit einem Bündel schöner bunten Erinnerungen, dorthin zurück, wo meine Zugreise begonnen hatte.

Dorina Ciubotaru

Etwas wiederzugewinnen

Nach einem Tag mit medizinischen Untersuchungen, wie Stäbchen in der Nase und im Mund, und vielen Diskussionen über Covid 19 kehrte ich nach Hause zurück, nämlich in die Box im 3. Stock in Frankfurt am Main.

Etwa 30 Minuten lang befand ich mich im Gang von der Konstablerwache, wo von einem Ende zum anderen Tische mit zweitklassigem Obst und Gemüse aufgereiht sind. Ich hatte großen Hunger. In allen Cafés und Restaurants herrschten Beschränkungen, Ausgangssperren. Wer seinen Hunger stillen wollte, sollte sich was kaufen und mitnehmen.

Ich ging zu einem türkischen Bistro, das in der Nähe war, und dachte darüber nach, ein Lahmacun zu kaufen. Ich habe einen Blick auf das geschnittene Gemüse geworfen, das ausgestellt war, und es schien nicht sehr frisch zu sein. Gewollt oder ungewollt rümpfte ich ein wenig die Nase, blickte zum Verkäufer auf und verabschiedete mich einfach. In diesem Moment klingelte mein Handy.

»Hallo! Mama, Mama …«

»Ja, mein Junge«, antwortete ich, »Was ist passiert? Ist bei dir alles in Ordnung? Warum rufst du mich so früh an?«

»Ich …«, antwortete er mir, »ich kann nicht mehr, ich komme nach Hause!!!«

Cristos war damals 11 Jahre alt, und nach einem Streit mit seiner Lehrerin und seinem Klassenlehrer beschloss er einfach, nach Hause zurückzukehren.

Als ich diese Worte hörte, blieb ich stehen und wartete auf ihn. Wir trafen uns am selben Ort, wo die Türken ihr halbverdorbenes

Obst und Gemüse verkauften. Der Treffpunkt gefiel uns beiden. Wir hatten oft viel Spaß wegen der Obst- und Gemüseverkäufer. Vor allem, wenn es nicht viele Käufer gab und die Wahrscheinlichkeit, dass sie einen Verlust erleiden würden, garantiert war. In solchen Fällen wurden wir fast zu treuen Zuschauern.

»Ein Euro, ein Euro, ein Eu-ro«

...

»Ein Euro, ein Euro, ein Eu-ro«,

...

»Tüte für ein Euro, alles für ein Eu-ro«

...

So schreien sie diese Worte wie auf Kommando und immer mit starker Betonung.

Mein Sohn war voller Tränen, seine Augen waren rot und hart, wegen der Ungerechtigkeit, der er täglich ausgesetzt war. Ich als Elternteil wurde ständig nicht gehört und ignoriert, so oft ich eingreifen wollte, um besser zu verstehen, was in der Schule passiert.

Aber zu diesem Thema werde ich ausführlicher schreiben, wahrscheinlich, wenn die Muse mich einfängt und mich drängt, einige Wahrheiten preiszugeben.

Auf dem Bildschirm erschien die S9 in Richtung Wiesbaden, mit der wir nach Hause fahren würden. Kurz darauf kam die Durchsage: »Die S9, die nach Wiesbaden fährt, wird in 5 Minuten ankommen«.

Wir nahmen uns an der Hand und eilten zur Rolltreppe. Und da ich Angst hatte, zu spät zu kommen, rannte ich meinem Sohn voraus, die Stufen hinunter.

Ein paar Schritte von uns entfernt stürzte auch eine eilige Dame, als sie die Rolltreppen hinunterfuhr.

Ich dachte, wenn die arme Dame etwas kleiner wäre, hätte sie vielleicht das Glück, von der Rolltreppe geschoben zu werden. Aber so blieb sie auf den letzten Stufen stehen, sprang ein wenig und ihre Knochen knackten, so dass sie nicht mehr aufstehen konnte.

Und ich, ich musste über die Dame springen, sonst wären wir alle gestürzt. Mein Sohn tat ebenfalls zwei Schritte auf einmal und half mir, die liegende Dame hochzuheben; und wir beeilten uns dann, den Zug nicht zu verpassen, aber es war bereits zu spät.

Ich blieb empört stehen … und so sollte die arme Frau stolpern und fallen … und so sollten wir den Zug verpassen und dadurch meine Freundin treffen.

Und ohne mich selbst zu fragen, erinnerte ich mich daran, dass nichts zufällig ist.

Die Welt auf dem Bahnsteig war so beängstigend, dass man glaubte, die Hölle in all ihrer Schwärze zu sehen, ganz zu schweigen von der Tatsache, dass sie alle weiße Masken trugen.

Ich fing an, zu denken: Sehr strenge Regeln treiben die Welt zur Erschöpfung.

Und die Polizei schien auch Augen im Hinterkopf zu haben. Denn, wo sie eine Person ohne Maske sahen, richteten sie ihren wütenden Blick auf ihre Nasenspitze und wandten sich der betreffenden Person zu. Und an ihrem Gesichtsausdruck war schnell klar, dass der Wunsch, ihre Autorität zu demonstrieren, alles andere überwog.

Vor nicht allzu langer Zeit war es einfacher gewesen. Aber mit Covid 19 verdoppelte sich ihre Arbeit und der Grad ihrer machthungrigen Größe.

Endlich erschien der nächste Zug und begrüßte uns mit einem schrillen Pfiff. Die Türen öffneten sich. Die Leute begannen zu stürmen. Diejenigen drinnen wollten gehen und diejenigen auf dem Bahnsteig wollten hinein. Eine Dame mit Hut, an dem eine seltene Vogelfeder hing, war über die Umstände sehr empört. Wahrscheinlich deswegen rief sie, ohne es zu wollen:

»Oh, mein Gott!!! Wo bist du, Hitler?«

Neben uns beeilte sich auch ein großer Mann. Als er die Worte der Frau hörte, wollte er den Zug erreichen und bemerkte nicht einmal, wie sein Kaffee über seine Kleidung lief. So hatte sich sein

Bürohemd von reinweiß zu rostweiß verfärbt. Erbost begann er, leise zu murmeln:

»Scheiße, Scheiße …«

Auf den Gesichtern einiger Passagiere, wie auch auf den Gesichtern der Polizisten auf dem Bahnsteig, war ein Ausdruck der Empörung. Ein paar Leute fanden es sogar lustig und kicherten. Mein Sohn, meine Freundin und ich setzten uns einander gegenüber. Und zu meiner Überraschung war es nach kurzer Zeit ruhig.

Sonst immer habe ich jedes Mal im Zug mit meinem Sohn über die Probleme gesprochen, mit denen er in der Schule konfrontiert war. Aber dieses Mal musste ich auf meine Freundin achten. Ich hatte den Eindruck, dass sie bei uns anwesend war, aber in Wirklichkeit war sie es nicht …

Zwei Männer gingen von einem Passagier zum anderen und fragten bei der Kontrolle nach den Tickets. Als sie auf uns zukamen, stellten sie fest, dass das Ticket meiner Freundin nicht mehr gültig war. Sie reagierte nicht auf die Aufforderung, ihren Reisepass vorzulegen oder ihre persönlichen Daten anzugeben.

Sie war in den Armen des Wahnsinns …

Sie hätte sich im Wahnsinn verlieren können.

Vor- und Nachname.

Geburtstag und -jahr.

Das Land … Das Land, aus dem sie kam, sie konnte sich nicht leicht daran erinnern.

Ihre Aufmerksamkeit war woanders. Der Sinn ihres Lebens war Tausende von Kilometern entfernt.

Sie dachte immer an ihre Kinder.

In Gedanken wiederholte sie die Gebete, die sie von ihrer Mutter gelernt hatte.

Sie war eine Fremde.

Eine Fremde im Ausland.

Eine Fremde in den Armen der Fremdheit, wie in den Armen des Wahnsinns.

Das Problem schien sehr ernst zu sein, und dann holte ich meinen Reisepass heraus und gab ihn dem Kontrolleur. Nach ungefähr 2 Minuten wurden mir mein Reisepass und ein 60 Euro-Strafzettel ausgehändigt.

Die Dame, der es gelang, Ruhe zu schaffen, setzte sich neben meine Freundin. Das heißt also, sie saß mir von Angesicht zu Angesicht gegenüber. Zuerst analysierte sie uns ein wenig, rollte mit den Augen und schaute uns interessiert an.

Aber dann murmelte sie gleichzeitig in einem perfekten Deutsch. Und, was soll ich sagen, natürlich hatte sie verstanden, dass wir nicht aus demselben Ort kamen. Ich konnte merken, dass sich ihre Fragen wie Windmühlen in ihren Kopf drehten.

Und natürlich widerstand sie den inneren Provokationen nicht und begann, direkt, aber in freundlichem Ton, zu sprechen und mir eine Frage nach der anderen zu stellen.

»Wissen Sie, was mit ihr passiert ist? Warum ist sie so traurig? Woher kommt sie?«

Ich antwortete ihr gar nicht, sondern warf ihr einen leicht lächelnden Blick zu. Genauso, wie ich es in diesem Land von Anfang an gelernt habe.

»Man soll lächeln«, wurde mir damals gesagt. Auch wenn in meinem Gesicht Traurigkeit zu sehen war und die Löcher in meinem Herzen schon in meinen Augen lagen, sollte ich trotzdem lächeln.

Seitdem lächle ich …

Aber durch mein Lächeln kommt es mir nicht in meinen Kopf, wie meine Freundin diese Lektion erlernen könnte. Ich schaute sie immer an und las ihre Probleme in ihrem Gesicht ab. Mir kam der Gedanke, sie in Ruhe zu lassen, damit sie in die Welle ihrer eigenen Vision blicken, ihre Gedanken sammeln und Pläne schmieden konnte, und dadurch aus diesem seltsamen Zustand herauskommen würde.

Aber wie, habe ich mich gefragt, wie konnte ich sie verlassen, wenn sie mir so am Herzen lag. Und wir hatten uns seit Jahren nicht gesehen …

Sie hatte sich verändert …

Ja, sie war nicht mehr das kleine Mädchen mit großen braunen Augen und sonnenfarbenen Haaren, die immer mit größter Präzision geflochten waren, nicht mehr das schlanke, gebrechliche junge Mädchen, mit dem wir an Sommerabenden schick gekleidet ins Kino gingen, das nur einen Steinwurf von unseren Häusern entfernt war.

Sie hatte sich zu einer verantwortungsbewussten Dame entwickelt. Und hier liegt das Paradoxe, denn, wenn man den Weg des Wanderns einschlägt, sehen viele Menschen einen nicht mehr als verantwortungsbewusst an. Dennoch erwarten sie alle von einem Trost, Charakterstärke und in manchen Situationen radikale Entscheidungen.

Und zu diesem Thema kann ich sagen, dass die überwiegende Mehrheit der Frauen im Interesse ihrer Kinder und im Allgemeinen ihrer Familien Arbeit im Ausland gefunden hat. Aber leider bringt die Arbeitssuche im Ausland viele andere Probleme mit sich. Und sie bitten dich ständig, wach zu sein und mit den Füßen auf dem Boden zu bleiben.

Aber, wenn man es nicht schafft, bricht alles zusammen. Genau wie es meiner Freundin passiert ist.

Mein Sohn sah mich mit Gedanken beschäftigt und beschloss, mich in Ruhe zu lassen, indem er seinen Kopf gegen das Fenster lehnte und sich in sein Handy voller Videos vertiefte. Ich war immer gegen diese krankhafte Anziehungskraft. Aber nicht dieses Mal, da ich wirklich froh war, dass er beschäftigt war und ich mit meiner Freundin reden konnte.

Auf der einen Seite hatte ich völlige Freiheit, auf der anderen Seite jedoch nicht. Und wie ich oben schon sagte: Neben meiner Freundin saß die Dame, die geschwiegen hatte und deren Worte den meisten Anwesenden nicht gefielen.

Ich ignorierte immer noch den Wunsch der Dame zu reden und konzentrierte mich sowieso mehr darauf, wie ich das Gespräch mit meiner Freundin beginnen sollte.

Ich hätte mir gewünscht, dass wir uns an eine lustige Geschichte erinnern und viel lachen, aber leider war es überhaupt nicht einfach.

Ich drehte mich leicht diagonal nach rechts, so dass wir uns schräg gegenübersaßen. Und ich flüsterte ihr so leise zu, dass nur sie es hören konnte:

»Sei froh, dass Gott dir geholfen hat und dass du hier bist. Denk daran, was unsere Eltern uns gesagt haben, dass wir nicht von Jesus abweichen sollen. Weißt du, hier ist alles möglich. Man muss nur stärker an die Türen klopfen.«

Tränen liefen ihr über die Wangen und eine nach der anderen fielen sie auf den Pullover in der Farbe ihrer Augen. Mein Herz wollte zumindest ein wenig unter ihrem Tränenfluss bleiben, damit wir ihren Schmerz und ihre Traurigkeit wirklich spüren konnten. Ich habe ihr ein Taschentuch gegeben und redete jedoch weiterhin sehr vorsichtig mit ihr.

»Höre mich bitte an: Du musst es wagen, so oft wie möglich an die Türen von Institutionen zu klopfen. Sogar mit den Zehen. Und ohne Scham weiterklopfen, auch wenn dir jemand die Tür vor der Nase zuschlägt. Du drehst dich um und klopfst noch einmal mit mehr Nachdruck. Nur so kannst du deine Probleme lösen.«

Irgendwann wurde mir klar, dass ich sie vielleicht nicht mit Ratschlägen bombardieren sollte. Und ich fing an, in meinem Gedanken mit mir selbst zu streiten. Und ich sagte mir, was für eine dumme Kuh ich sei.

Nachdem sie geheiratet und unser Land verlassen hatte, hörte ich nichts mehr von ihr. Doch ohne mich zu fragen, wie viele Jahre seitdem vergangen sind, fing ich wieder an, mit ihr zu reden.

»Wie lange bist du schon in Frankfurt?«

Sie antwortete mir nicht, und schwieg weiterhin.

»Und deine Familie … deine Familie ist auch hier? Bitte, meine Freundin, willst du mir sagen: Hast du Kinder? Wo sind deine Kinder?«

Mein Sohn richtete seinen Rücken auf, beugte sich ein wenig zu mir und flüsterte mir ins Ohr:

»Mama, kannst du sie bitte in Ruhe lassen? Du siehst, sie will nicht reden.«

»Mein Junge, sie war einst meine beste Freundin. Wir sind zusammen aufgewachsen.«

Bald müssten wir aus dem Zug aussteigen und dann würde ich sie wieder verlieren, und überdies hätte ich nicht einmal ihre Telefonnummer.

»Ich habe bereits verstanden, dass sie deine Freundin ist, aber du hast wieder vergessen, dass ich auch mit dir reden möchte.«

»Nein, mein Junge, ich habe es nicht vergessen. Wir können aber auch zu Hause in Ruhe über deine Probleme diskutieren.«

Ich hätte nie gedacht, dass meine letzte Frage und die geflüsterten Worte mit meinem Sohn meine Freundin aus dem Zustand, in dem sie sich befand, aufwecken würden. Sonst hätte ich sie von Anfang an nach der Familie und den Kindern gefragt.

Meine Frage hatte ein kämpferisches Gefühl in ihr geweckt. Ein Gefühl und den Wunsch, etwas wiederzugewinnen, etwas Unbezahlbares.

Von den verrückten Augen, die ich am Anfang gesehen hatte, war ihr Blick dann noch gefährlicher geworden. Man hatte den Eindruck, eine hartgesottene Wölfin vor sich zu sehen, die sich um jeden Preis rächen wollte. Denn, da ihre Augen vom Weinen gerötet waren, konnte man nichts anderes sehen. Und, da ich den Zugang zu ihr nun wiedergefunden hatte, wollte ich nun alleine mit ihr weiterreden.

Beim Verlassen des Tunnels bewegte sich die S-Bahn 9 wie eine Schnecke. Bald teilte uns der Fahrer mit, dass wir uns noch gedulden müssten und dass er bald wieder die normale Geschwindigkeit erreichen würde. Doch gleich nach der Durchsage eilte er aus dem Bahnhofstunnel in Richtung Frankfurt-Niederrad, wo ich und mein Sohn aussteigen sollten.

Nachdem der Zug den Main überquert hatte, stand mein Sohn auf und sagte zu mir:

»Wenn es deiner Freundin nicht gut geht, dann bleib bei ihr, um sie so gut wie möglich zu trösten. Ich gehe nach Hause, aber du weißt, dass ich in einer Stunde Sport habe.«

Aus Dankbarkeit umarmte ich meinen Sohn zum Abschied.

»Bis später mein Schatz.«

»Bis später, liebe Mama. Versprochen, am Abend werden wir über die Schule reden«, hatte er am Schluss gesagt.

Als Zeichen der Zustimmung streichelte ich seinen Rücken. Der Zug hielt an und mein Sohn ging zur Tür hinaus.

Es war der Frühling 2020. Ende April. Nach einer Woche heftigen Regens erschien die Sonne am Himmel, als wäre sie Gott selbst. Jeder und alles erwartete ihre Strahlen wie Nahrung nach einer langen Zeit des Hungers.

Durch den Spiegel des Fensters hatte ich bemerkt, dass meine Freundin mal nach draußen, mal zu mir schaute. Mir wurde klar, dass sie das Schweigen brechen wollte. Als Zeichen der Ermutigung richtete ich meinen Blick auf sie und ließ sie sprechen.

Und sie fragte mich, erst mit Schluckauf in der Stimme:

»Du denkst, ich kann behalten, was ich jetzt zu verlieren riskiere?«

»Wen?«, fragte ich verwirrt.

»Mein Mann bedroht mich«, sagte sie. »Ja, meine … unsere Kinder. Wir haben zwei gemeinsame Kinder, eine Tochter und einen Sohn.«

»Die Kinder. Was ist denn passiert?«

»Mir wurden meine mütterlichen Rechte entzogen«, sagte sie durch die Tränen, die wieder über ihre Wangen flossen; und von ihren Wangen rollten sie auf den Pullover und streichelten die Brüste, die ihre Kinder gestillt hatten.

»Du, meine Liebe … das kann nicht sein, nein, nein, ich kann es nicht glauben. Warum?«, habe ich gefragt.

»Warum?«, wiederholte sie. »Gute Frage … Wir hatten zusammen ein wundervolles Leben, aber mein Weggang verdunkelte sein Herz. Jetzt weiß ich nicht, ob ich etwas ändern kann.«

»Dein Weggang? Dein Weggang könnte nur dann Gutes bringen, wenn er klug gewesen wäre. Oh Gott! Weiß du, mein Gehirn weigert sich zu verstehen, wie viele miserable Entscheidungen manche Menschen treffen können.«

»Ja, du hast recht. Ich hätte einfach nie gedacht, dass mein Mann mir so etwas antun würde.«

»Und, er hat eine Beschwerde gegen dich eingereicht, oder?«

Leider kam sie nicht dazu, mir zu antworten, da der Fahrer gerade die Endhaltestelle ankündigte. Als wir aus dem Zug stiegen, schlug ich ihr vor, meine Telefonnummer aufzuschreiben.

»Ich wusste, dass wir uns eines Tages treffen würden. Meine Seele sagte es mir. Ich habe dich so vermisst«.

»Ich habe dich auch sehr vermisst«, sagte sie, etwas glücklicher …

Dr. Zahide Özkan

Wenn der Mitreisende mitreißt

Es ist Freitag. Für Anfang Juni ist es schon recht warm. Immerhin wurden 25 Grad vorhergesagt. Neriman wechselt von der RB 11 in die S2 nach Frankfurt und liest in ihrem Buch. Sie hat ihre Jacke ausgezogen, denn so fröhlich und stolz die Sonne ihre Kraft in die Bahn strahlt, so unangenehm staut sich die Hitze im Innenraum und treibt die Temperatur der vielen Körper hoch.

Neriman hat ihre Arbeit erledigt. Sie hofft, dass es ihr gelungen ist, ihren Patienten mit maximaler Konzentration, Kompetenz und Empathie gegenüberzutreten, fachliche Fragen zu klären, Unsicherheiten zu beseitigen und gute Empfehlungen auszusprechen. Sie freut sich, noch Zeit und Energie für den Rest des Tages und das bevorstehende Wochenende zu haben.

Am Bahnhof Frankfurt-Höchst wechselt sie in die S1 und lässt sich an einem Fensterplatz nieder. An der Haltestelle Frankfurt-Nied steigt ein junger Mann ein, schätzungsweise Mitte, Ende 20, und nimmt auf der anderen Seite der Sitzgruppe entgegen der Fahrtrichtung Platz, so dass Neriman und er einander diagonal gegenübersitzen. Mit seinem schwarzen Haar, den dunkelbraunen Augen und einem bernsteinfarbenen Teint würde er hierzulande grob gesehen ethnisch als »Südländer« eingestuft werden.

Er telefoniert. Dank ihrer Sprachkenntnisse hört Neriman heraus, dass er Arabisch spricht. Er telefoniert ziemlich laut. Die junge Frau, die direkt gegenüber von Neriman sitzt, blickt sie an und lässt sie mit einem Schmunzeln wissen, dass nicht nur Neriman sich gestört fühlt. Als er kurz zu ihr schaut, nutzt sie die Gelegenheit, ihm mit Handzeichen verständlich zu machen, »ob es auch etwas leiser ginge«. Er ignoriert ihren nonverbalen Appell, dreht sich zum Fenster und spricht ungebremst in Lautstärke und Temperament weiter.

Plötzlich dreht er sich zu ihr und faucht sie an, was denn los sei. Störe es sie, dass er Arabisch spreche oder weil er ein Ausländer sei? Und sie würde es nicht tun, wenn er deutsch wäre oder einen Porsche fahren würde.

Neriman ist verdutzt: Es war doch nur eine Bitte um Rücksicht – nur in diesem Fall möge er vielleicht seine Mitpassagiere nicht über die Maße akustisch vereinnahmen. Was hat denn Rücksicht mit der Frage »Deutsch oder Nicht-Deutsch, In- oder Ausländer« zu tun? Und wie kommt jetzt ein Porsche ins Spiel? Soll der Porsche für ein Statussymbol stehen, für Reichtum, für ganz oben in einer Klassengesellschaft? Fühlt er sich selbst auf eine ganz niedrige Stufe gestellt?

Neriman versucht ihm klarzumachen, dass sie ihn nur darum gebeten habe, etwas leiser zu sprechen. Sie habe es aber nicht auf freundliche Weise getan, wirft der junge Mann ein.

Neriman zögert kurz – sie war vielleicht resolut, aber doch nicht unfreundlich? Er offenbart, dass er faste – es ist Ramadan. Will er damit seinen Kontrollverlust erklären? Steckt in der Aussage vielleicht ein Körnchen Einsicht und Reue für sein Verhalten? »Wozu fastest du, wenn du dein Gemüt nicht zügeln kannst und deine Zunge mit scharfen Worten schießt?«, urteilt der Moralapostel in ihrem Kopf. Doch sie stellt ihn stumm.

Als der energische Zeitgenosse weiter in sein Handy hineinruft, hört Neriman, wenn auch nur aus dem Kontext, wie er sich bei dem Gesprächspartner über das, was er erlebt hat, auslässt.

Sie wendet sich wieder ihrem Buch »Der Geruch des Paradieses« von Elif Shafak zu. Es ist so heiß im Wagen geworden, dass ihr die Konzentration entgleitet – so kann sie sich nicht ins Paradies entführen lassen.

Es scheint, dass der junge Mann Frust und Aggressionen rauslassen wollte und ihr Einwand ihm einen Anlass dafür geboten hat – etwas benebelt vom Fasten. Vielleicht ist er es gewohnt, in der Öffentlichkeit laut zu sprechen. Wer weiß, vielleicht ist das in seinem Ursprungsland eine Normalität. Vielleicht ist es sogar erwünscht, andere Mitreisende daran teilhaben zu lassen.

Fühlt er sich durch ihre Beschwerde diskriminiert?

Neriman interpretiert weiter: Mit seiner verbalen Verteidigung wollte er womöglich »seine Rechte«, einfordern, etwa auf Gleichbehandlung. Dafür hat er sein Gegenüber in das Lager derjenigen drängen wollen, die sich berufen fühlen, über andere zu bestimmen und ihnen vorzugeben, was sie zu tun oder zu lassen haben. Er wollte die anderen Anwesenden einbeziehen. Sie hätten sehen sollen, dass ihm Unrecht widerfahren war, dass er in seiner Freiheit eingeschränkt wurde.

Aber die anderen haben weggeschaut und weggehört, haben so getan, als ob nichts wäre. Er und überhaupt die ganze Szene wurden völlig ausgeblendet, als ob sie sich in einem leeren Raum abgespielt hätte. Keiner hat zugegeben, gestört worden zu sein – oder vielleicht war es ihnen wirklich egal? Neriman erinnert sich an ihre Urlaube in der Türkei: Dort mischten sich oft Fremde impulsiv und ohne großartig nachzudenken in Konflikte ein. Das stand im krassen Gegensatz zu der hier gebotenen Gleichgültigkeit.

Sie steigt an der Hauptwache aus; für die Weiterfahrt muss sie in die U3 umsteigen.

Immer noch spürt sie eine Spannung in ihrem Inneren. Sie ist aufgewühlt und konfus.

Neriman versucht, ihr Gedankenkarussell zu stoppen. Sie atmet ruhig und merkt, wie sie sich zunehmend entspannt. Links von ihr sind zwei Teenager, die sich über irgendetwas köstlich amüsieren. Sie kriegen sich kaum ein vor lauter Lachen. Worum es konkret geht, bekommt sie nicht mit. Aber es steckt an und sie lacht leise mit.

Ihre Sinne werden wach. Sie kann wieder ihre Umgebung wahrnehmen. Ihre aufgeheizten Emotionen verlieren ihre Wucht. Ihr aufgedrehter Geist schaltet einen Gang zurück und erlaubt es, die Situation aus einem gewissen Abstand nüchterner zu betrachten.

Plötzlich sieht sie in dem jungen Mann einen Menschen, der ihren Einwand gegen sein lautes Telefonieren als Ventil für seinen Protest zu nutzen versucht hat. Seine Reaktion, so unangemessen wie sie war, beherbergt eine Botschaft, vielleicht eine Rebellion angesichts der Hilflosigkeit, des Frustes eines Menschen in seiner aktuellen Lebenssituation.

Vielleicht ist der Hintergrund auch ein ganz banaler, etwa, dass er im Augenblick auch einfach nur gestresst und schlecht gelaunt ist.

Hat sie auf den Vorfall vielleicht doch zu heftig reagiert? Hat sie diesen zu wichtig genommen? Denn sie kennt ihre Neigung, Dinge zu kompliziert zu sehen. Wollte sie nicht ruhiger bleiben, sich nicht aus der Fassung bringen lassen?

Die Bahn kommt. Sie geht hinein, als ihr eine derartige Hitze entgegenschlägt, dass sie denkt, sie hätte eine Sauna betreten. Sie schaut sich um und … »Häh … wo bin ich?«, stößt sie aus; ihre Verwunderung kann sie nicht in Worte fassen.

Eine wie ausgetauschte Kulisse: um sie herum andere Bilder, andere Farben, andere Düfte, andere Klänge, ein Vibrieren und Pulsieren, das die Lebensgeister in Schwung bringt.

Eine ganz andere Mischung von Menschen als vor ein paar Minuten: überwiegend dunklere, wenige helle Haut- und Haartypen, mehr bunte und legere Kleidung mit langen Röcken und langen Ärmeln, viele Frauen mit Kopftuch, als einfache Bedeckung oder als mit ihrem Outfit ästhetisch harmonierendes Accessoire, fast ausnahmslos mit Kajal betonte und größtenteils dunkle Augen, besonders hervorgehoben aus kunstvoll geschminkten Gesichtern.

Einige Männer mit langem Gewand neben anderen in üblicher Bürokleidung, junge Leute auch in Jeans oder Leggins mit T-Shirt, darüber Hemd oder Bluse, an den Füßen Sportschuhe.

Neriman hört Arabisch, Ägyptisch-Arabisch. Sie kennt und erkennt diesen Dialekt, etwa an dem typischen »G« statt des »Dsch«.

Und was für eine Lautstärke, was für ein Chaos an Stimmen und Lauten – die ganze Palette des menschlichen akustischen Ausdrucks, einschließlich dem Weinen eines Kindes, dem melodischen Trösten einer Mutter, dem mitreißenden Lachen von zwei Teenagern. Die Körper sprechen mit: Mimik und Gestik akzentuieren, was den Mündern entweicht, komplettieren es gar.

Bestimmt sind dort drei oder vier, die mit ihrem Handy telefonieren, mit ungedämpfter Lautstärke, als ob sie mit ihrem bzw. ihrer stummen oder gar lautgestellten Gesprächspartner bzw. -partnerin alleine wären.

Und die, die nicht telefonieren oder mit dem Nachbarn sprechen, hören interessiert zu und lachen teilweise mit, wenn der Telefonierende lacht oder einen wohl lustigen Kommentar von sich gibt.

Eine Person hat ihre Augen geschlossen, scheint zu schlafen, der Kopf fällt jeden Augenblick auf die Schulter des Nachbarn.

Nerimans Blick schweift nach draußen:

Farben in den verschiedensten Schattierungen und Kombinationen, ein Wirrwarr an Stimmen in unterschiedlichen Tonlagen, Geräusche, die sich gewaltsam dazwischenwerfen, wie der nahezu unaufhörliche Lärm von hupenden Autos – ein reges Treiben bis hin zur Hektik kennzeichnet das Bild auf den Straßen.

Menschen, die sich hastig durch und um die Mengen schlängeln, andere, die es nicht eilig zu haben scheinen, die mitten auf dem Bürgersteig stehen und sich unterhalten, manche, die sich dabei anschmiegen oder mit der Hand berühren, manche, die sich ihrem Gegenüber auch ohne Körperkontakt mit Herzlichkeit hinwenden.

Eine große Vielfalt an Menschen. Unter die städtischen Prägungen haben sich auch ländliche Akzente gemischt: eine Frau mit aufrechtem Gang, als ob sie von einem unsichtbaren Seil am Korb auf ihrem Haupt in den Himmel gezogen würde. Ihre schwarze Galabeya berührt den Boden, doch sie bleibt nirgendwo damit hängen, ihr Gang ist sicher.

Auf den ersten Blick wackelig, beim längeren Hinsehen aber ziemlich gekonnt, bewegt sich auf demselben Bürgersteig wie auf einer geraden Linie eine Diva auf High-Heels: Die Hüften schwingend wirft sie Fuß vor Fuß. Sie ist ein Blickfang, und zwar nicht nur für Männer. Gekleidet ist sie in einem engen lilafarbenen Rock, der kurz unter Kniehöhe endet. Ihre Beine sind in beigefarbene Perlonstrümpfe gehüllt, passend zu ihrer gleichfarbigen weiten Bluse, die sich mit einem schwarzen Gürtel um ihre schmale Taille schmiegt und ihre Figur zu einer Sanduhr formt. Auf ihrem Kopf trägt sie ein Tuch, das in den Farbnuancen von Rock und Bluse das Outfit abrundet. Es ist so stilvoll gebunden, dass kein offen getragenes, noch so exklusiv frisiertes Haar damit konkurrieren könnte.

Straßenhändler, die auf bunt bemalten Wagen – oft mit einfachen Materialien zusammengebaut und instabil wirkend – ihre Ware anbieten, darunter erfrischende Getränke in großen Wasserbehältern oder frisch gepresste Säfte, in einer großen Farbenpracht ausgelegtes Obst und Gemüse oder bissfertig zubereitete Maiskolben, die einen gekocht, die anderen geröstet. Häuser im Altstilbau, einige durch sorgsame Pflege wertgeschätzt, andere durch Ruß und Staub verschmutzt und nach Sanierung schreiend.

Auf vielen Gebäuden sind Schilder mit arabischen, manchmal englischen Aufschriften, mit denen Dienstleistung angeboten wird: Ärzte, Rechtsanwälte, Immobilienmakler, Beauty-Shops und viele andere, die sich nicht so leicht eingruppieren lassen.

Durch die offenen Fenster dringt der Ruf des Muezzins ins Innere der Bahn, bruchstückhaft, alle paar 100 Meter ein anderes Bruchstück und zum Abschluss »la-ilahe illa-llah« (»Es gibt nur einen Gott«).

Dazwischen unscheinbar, aber eindeutig erkennbare Kirchen – darunter vielleicht auch eine Synagoge?

Wo ist sie? Es kann doch niemals sein, dass sie in Ägypten ist?

Völlig panisch stammelt Neriman zu der Frau neben ihr: »Ayna huna? Wo ist das hier?«. So viel ist wenigstens noch übriggeblieben von ihrem Arabisch.

Die Frau antwortet: »*Huna? Liy? Fi Massrr, Habibti.* Hier? Warum? Kairo, meine Liebe.« In Ägypten sagt man zu Kairo »*Massrr*«, so wie auch zum Land selbst. »*Li masa*? *Kuntu fi* Frankfurt! Warum? Ich war in Frankfurt«. »*Eey*? Was?« Die Frau hat sie nicht verstanden, ist nicht minder irritiert.

Reflexartig greift Neriman zu ihrem Handy und wählt die Nummer ihrer Tochter.

»Hallooo?« antwortet diese verwirrt; ihre Mutter ruft um die Zeit sonst nicht an. Völlig verzweifelt und konfus rattert Neriman los: »Nalan, ich, ich weiß nicht, was passiert ist. Irgendwie bin ich in einer ganz anderen Umgebung gelandet. Eine Frau sagt, es wäre Ägypten und danach sieht es auch aus.«

Plötzlich bricht die Verbindung ab. Neriman wählt die Nummer nochmal. Doch vergebens: weiterhin ist keine Verbindung. Sie ist verzweifelt und fühlt sich hilflos. Was kann sie machen? Kann sie überhaupt was machen? Nein, sie kann tatsächlich nichts machen, gar nichts – sie muss sich gehen lassen, sich ihrem Schicksal hingeben, es passieren lassen – ausgeliefert, ohnmächtig.

An der nächsten Station würde sie aussteigen. Allmählich löst sich der Druck in ihrer Brust; die Erregung in ihr flaut ab. Sie gleitet in einen gleichgültigen Zustand. Wie in einer Trance beobachtet sie das Geschehen um sich, dabei sich Gott in einem Gebet zuwendend: »Mein Gott, lass mich heil wieder zuhause ankommen.« Sie ist erstaunt, wie ruhig und gelassen sie auf einmal ist.

Die Frau neben ihr versucht zu verstehen, in welcher Sprache sie am Telefon gesprochen hat. Dass Neriman keine Ägypterin, ebenso keine waschechte Araberin ist, hat sie schon gemerkt, nicht nur an ihrem bruchstückhaften Hocharabisch ohne ägyptischen Dialekt, sondern auch an Nerimans äußerer Aufmachung, ihrem Ausdruck, ihrer Haltung, ihren Bewegungen, ihrer gedämpften Stimme beim Telefonieren. Hier ist es wohl NICHT normal, aus Rücksicht auf die anderen extra leise zu sprechen. Hier scheinen die Grenzen für die menschliche Interaktion großzügiger gesetzt zu sein.

Die Passagiere zeigen eine spürbare Verbundenheit, die weit über die bloße Nähe in einem überfüllten Zug hinausgeht. Fremde beteiligen sich spontan an laufenden Gesprächen, um dem Erzähler ihre Teilnahme und ihr Mitgefühl zu zeigen, sei es durch ein gemeinsames Lachen oder durch Worte des Verständnisses. Als eine Frau, die gerade zusteigt, das Gleichgewicht zu verlieren droht, halten mehrere sie fest und bieten ihr sofort einen Sitzplatz an.

Das Weinen eines Kindes bewegt eine ältere Frau dazu, es mit einem Spielzeug aus ihrer Tasche zu beruhigen und die Mutter zu Gelassenheit zu ermutigen.

Die lebhaften Unterhaltungen überstimmen das Hintergrundrauschen, das das Rattern der Schienen, das Summen des Motors und das häufige schrille Hupen erzeugen.

Die Fahrgäste haben die Freiheit, an der Unterhaltung und dem Geschehen des anderen teilzuhaben, sich mitreißen zu lassen und dies kundzutun, genauso sich auf Wunsch auszuklinken. Von letzterem machen nur wenige Gebrauch und schauen etwa nur aus dem Fenster oder auf ihr Handy.

Auf manche scheint die Geräuschkulisse wie ein beruhigendes Wiegenlied zu wirken, das sie in einen friedlichen Schlaf wiegt.

Die Bahn fährt durch einen Tunnel. Es wird dunkel, kein Licht in der Bahn … und quietschend, ohrenbetäubend laut fährt ein Zug auf dem gegenüberliegenden Gleis vorbei. Nichts zu sehen, nichts zu verstehen.

Endlich: wieder Tageslicht! »Nächste Station: Waldlust. Ausstieg rechts«, ruft die Stimme auf dem Band.

Es ist leise, kaum jemand, der umherschaut oder liest oder mit jemandem spricht, die meisten konsumieren Online-Inhalte aus ihren Smartphones.

Ihr Handy klingelt. Sie nimmt ab. Ihre Tochter ist in der Leitung: »Mama, wo bist du? Geht's dir gut?«

»Hallo, Nalan. Alles gut … mach dir keine Sorgen«. Sie kann sich ausmalen, dass sich ihre Tochter ganz schön viele Sorgen macht. Man muss nicht Ärztin sein, um alarmiert zu sein ob der psychischen Gesundheit der Mutter.

War das ein Ausbruch einer Psychose? Hatte sie einen Wahn – aber so detailreich ... und dass sie sich an alles erinnert? Hat einfach nur ihre Fantasie etwas überhandgenommen oder vermischten sich für einige Momente Traum und Wirklichkeit?

Muss es sie überhaupt beunruhigen? Ist es wichtig? Muss sie sich den Kopf darüber zerreißen? Sie hält kurz inne: Die erlebte Szene hat ihr eine andere Perspektive eröffnet. Die Begegnung mit dem jungen Mann war konfrontativ und beide Parteien haben dazu beigetragen.

Allerdings sieht sie jetzt mehr als sie davor gesehen hat, denn sie hat einen Blick hinter die Kulissen geworfen.

In ihr breitet sich ein wohliges Gefühl aus, eine innere Öffnung, ein Gefühl der Verbundenheit, der Geborgenheit. Sie spürt das Leben in sich und um sich, sie ist ein Teil dieser Gemeinschaft, bereit, sich zu verbinden, aufmerksam und achtsam für ihre Mitmenschen und das Geschehen um sie herum zu sein.

Ihre Tochter ruft sie aus ihren Gedanken zurück: »Mama, bis du noch dran? Soll ich dich irgendwo abholen?«

»Schatz, ich bin gleich zuhause. Ich melde mich dann nochmal.«

Ihr Gegenüber schaut sie an ... vorwurfsvoll, ermahnend? War sie zu laut? Hat sie Ihr Gegenüber gestört? Oder blickt die Person nur zufällig auf?

Irina Andrei

Was wäre, wenn …

Donnerstagmorgen, 07:15 Uhr. Jacqueline muss los, muss zur Arbeit fahren. Sie läuft schnellen Schrittes, ist gut in der Zeit, ihre Bahn kommt auch gleich. Normalerweise fährt sie zum Knotenpunkt der Stadt, der Hauptwache, steigt in eine S-Bahn um und kommt in Offenbach an, wo sie arbeitet.

Heute aber klappt das nicht. Heute gibt es nicht nur die üblichen Verspätungen, sondern einen großen Schaden an zentraler Stelle. Ihre Bahn, in der sie sonst gerne mal liest oder die Zeit zum Meditieren nutzt, fährt tatsächlich in die umgekehrte Richtung. Aber sie merkt es zuerst gar nicht, ist ganz in ihr Buch vertieft.

Plötzlich schaut sie auf und findet sich im Norden der Stadt wieder, statt im Zentrum. Als sie es merkt, fährt die Bahn gerade an der Station »Lindenbaum« ein und sie steigt eilig aus, um sich nicht noch weiter von ihrem eigentlichen Ziel zu entfernen.

Sie schaut auf ihr Handy, sucht nach einer Lösung. Sie findet nur eine Information, die sie kurz drauf auch aus dem Lautsprecher am Gleis vernimmt: ein großer Gleisschaden ist die Ursache für eine komplette Sperrung des Innenstadtbereichs. Wartezeit unbekannt, mindestens aber 3 Stunden.

Drei Stunden?!? Jacqueline ist entsetzt. Zu spät zu kommen, ist in ihrem Job sowieso immer ein großes Problem, da sie den Kunden ab Punkt 8.00 Uhr zur Verfügung stehen muss. Aber drei ganze Stunden bedeuten, dass sie einen halben Tag ausfällt – wer soll sie dann vertreten? Kann sie überhaupt noch zur Arbeit fahren? Und wie regeln das ihre Kollegen ohne Auto?

Sie denkt alle Möglichkeiten durch und findet keine Lösung. In Eschersheim, wo sie sich gerade befindet, wohnt niemand, der sie mitnehmen könnte. Und ein Taxi bis nach Offenbach ist ihr definitiv zu teuer. Jacqueline ruft im Büro an, aber da ist zu dieser Zeit noch niemand. Es klingelt und klingelt.

Sie überlegt und überlegt … und dann macht etwas »klick« in ihrem Kopf und ihre ganze Anspannung und Sorge fällt plötzlich von ihr ab. Dann ist es eben so, denkt sie.

Ich kann im Moment wirklich überhaupt nichts tun und ich will mich auch nicht mehr verrückt machen. Und ein wenig fatalistisch fügt sie innerlich hinzu: Wenn das Schicksal mich ausgerechnet hierher gebracht hat, dann mache ich das jetzt eben zu einer unerwarteten Auszeit.

Gedacht, getan. Sie geht also spazieren – durch ihr altes Viertel, durch die Stätten ihrer Kindheit, durch ihren Kopf. Denn in Eschersheim ist sie aufgewachsen. Sie sieht im Geiste ihre Familie vor sich, läuft zu der früheren Wohnung, dann zu ihrem Kindergarten und schließlich ihren Schulweg entlang.

Und sie überlegt … war sie damals glücklich?

Ja! Natürlich! Sie wurde sehr von ihrer Mutter geliebt, wuchs wohlbehütet auf und erlebte viele schöne und besondere Dinge. Sie durfte als Kind Ballett machen, Klavier spielen und singen. Dadurch war sie sehr oft auf Bühnen und lernte viele tolle Künstler und interessante Menschen kennen.

Und sie hatte immer gute Noten in der Schule, bis zum Abitur hin. Das fiel ihr nie schwer. Auch hat sie jeden Geburtstag schön gefeiert, mit Partys zuhause oder sogar groß in ihrer Ballettschule. Da gab es immer eine bunte Mischung unterschiedlicher Freunde, gutes Essen und Musik auf Kassetten, die sie selbst aufgenommen hatte. Auf ihren Partys wurde immer getanzt!

Jacqueline lächelt und überlegt weiter. War ihre Kindheit wirklich so glücklich?

Nein, denkt sie dann … wie denn auch? Ihre Eltern ließen sich früh scheiden, weil der Vater die Mutter misshandelte. Ihr großer Bruder kommandierte sie immer herum und mischte sich ständig in ihre Erziehung ein. Ihre geistig behinderte Tante zog nach dem Tod der Großmutter zu ihnen und belastete täglich die Familie durch ihren Egoismus und die ständig geforderte Aufmerksamkeit.

Da war nicht viel Platz für freie Entfaltung! Die Mutter musste alleinerziehend, mit wenig Geld und mit der anstrengenden Schwester in ihrer Verantwortung, tapfer und klug alles gut hinbekommen. Und das tat sie auch, aber es war sehr schwierig für sie, und das wussten die Kinder natürlich.

Zwar musste ihr Bruder als der Ältere natürlich immer die Mutter unterstützen. Aber er wuchs dadurch in eine dominante Rolle hinein und nahm sich zu viele Rechte heraus, bestimmte zu viele Dinge mit.

Also lernte Jacqueline früh, Kompromisse zu schließen; eher mal zurückzustecken, als zu kämpfen; nicht zu frech oder wagemutig zu sein. Sie war immer die Kleine, die brav sein und das tun musste, was man ihr sagte. Widerspruch artete immer in Streit aus, was wiederum die Mutter sehr belastete. Also gab Jacqueline meist nach.

Aber was wäre gewesen, wenn sie doch öfter ihren Willen durchgesetzt hätte, anstatt immer zu gehorchen? Was, wenn sie nicht so viel Rücksicht genommen hätte auf die Sorgen ihrer Mutter und auf den Anspruch ihres Bruders?

Wahrscheinlich hätte sie früher einen Freund gehabt und viel mehr Sachen ausprobiert. Dann hätte sie nicht mehr brav alles absegnen lassen, sondern einfach losgelegt und ihre eigenen Entscheidungen getroffen. Sie hätte ihre Umwelt vor vollendete Tatsachen gestellt, ohne ständig an Konsequenzen zu denken.

Damit hätte sie ganz sicher viel Ärger und Sorgen in ihrer Familie verursacht – aber auch ihren Willen, ihren Mut und ihr Selbstvertrauen gestärkt. Dann hätte sie wohl auch den Mut gehabt, Tanz und Gesang zu studieren, wäre früh von zuhause ausgezogen und wäre später eine glückliche Opernsängerin geworden – immer unterwegs auf Europas Bühnen.

Das war jedenfalls lange ihr Traum gewesen. Opernsängerin, das war auch ihre Großmutter gewesen. Seit ihrer Kindheit hörte Jacqueline zuhause durch ihre Mutter sehr viel Klassik und sie sang fast alle Arien mit. Das war für sie ganz natürlich und so war es klar, dass sie als Erwachsene genau DAS tun wollte. Das schrieb sie sogar in jedes Poesiealbum hinein!

Immerhin fing sie mit zehn Jahren auch an, im Kinderchor zu singen. Nicht in irgendeinem Chor – sondern im Kinderchor der Städtischen Oper! Also ganz professionell, mit echtem Publikum, Opernsängern und sogar gegen eine kleine Gage! Das war für sie eine große Freude und etwas, was sie leider in der Schule niemandem erzählen konnte.

Ihre Mitschüler hatten keine Ahnung von Klassik; und sie hätten erst recht nicht ermessen können, welche Ehre das Singen auf jener Bühne bedeutete und welche tiefe Freude Jacqueline dabei empfand. Nur ihre wenigen Freunde im Chor selbst und im Ballettunterricht verstanden sie da. Und auch das Tanzen, Ballett und später auch Flamenco, erfüllte sie voll und ganz. Da war sie wirklich sie selbst und das schien ihr ganz natürlich.

Den Klavierunterricht sah sie allerdings mit gemischten Gefühlen. Sie liebte es zu spielen, wenn sie ein Stück vollkommen beherrschte! Dann schwebten ihre kleinen Finger über die Tasten, voller Gefühl und Leidenschaft lebte sie die Musik ganz mit.

Aber bis es soweit war! Das Notenlesen fiel ihr immer irgendwie schwer, daher dauerte es sehr lange, bis sie mit ihrem Klavierlehrer ein Stück erarbeitet hatte. Und der Unterricht war ihr oft zu zäh, denn ihr Lehrer war ein sanfter und viel zu geduldiger Mann. So neigte Jacqueline leider oft dazu, zuhause zu wenig zu üben.

Hatte sie dann den wöchentlichen Unterricht, war ihr Lehrer niemals ungehalten oder schalt sie gar – das hätte ihr vielleicht mehr Disziplin eingehaucht. Stattdessen nahm er es lächelnd hin, dass sie kaum einen Schritt weiter war als beim letzten Mal, und arbeitete geduldig mit ihr Note für Note weiter am Stück.

Dennoch spielte sie sehr gut und auch sehr gerne, aber es fehlte eben der starke Antrieb dahinter. Und so hätte sie vielleicht sogar einmal Pianistin werden können, wenn ... ja, wenn ...

Und noch einen anderen Weg hätte Jacqueline beruflich einschlagen können. Denn auch ihr Kopf arbeitete gerne und schnell, ebenso wie sie Sprache und Gerechtigkeit liebte. Also hätte sie gut und gerne Jura studieren können, wie ihr Bruder. Auch das lag ihr im Blut; ihr Vater war Anwalt gewesen, ein sehr guter sogar! Und Jacqueline hatte durchaus Talent zum juristischen Denken und Schreiben.

Ihr Bruder ließ sie ab und zu seine Hausarbeiten durchlesen. Nicht nur verstand sie den Inhalt und die Aufgaben sehr gut, sondern sie hatte auch öfter Korrekturvorschläge oder beriet ihn mit ihrem Blickwinkel dabei, wie er den Sachverhalt noch besser darstellen und beurteilen könnte. Das machte ihr sehr viel Freude und es gehörte zu den wenigen Momenten, in denen sich die beiden Geschwister gut verstanden und sich ergänzten.

Doch Jura zu studieren, bedeutete damals in ihren Augen, dass sie nach ihrem Abschluss zur Zusammenarbeit mit der Familie gezwungen würde. Jedenfalls dachte sie das; es hätte der familiären Mentalität entsprochen. Und bei aller Freude in den wenigen guten Momenten, aber für immer mit ihrem Bruder und gar noch mit dem Vater zusammen zu arbeiten ...!

Das war für die junge Jacqueline eine grauenhafte Vorstellung gewesen. Auf die Idee, sich trotz des gemeinsamen Berufes eine unabhängige Zukunft aufzubauen und einfach woanders zu arbeiten, kam sie gar nicht. Das hätte ihr die Familie wohl nie erlaubt. Und nun?

Nun hatte sie ein buntes und langes Studium hinter sich; ebenso Jobs in verschiedenen Bereichen ... und war bei einem Beruf angelangt, von dem sie gar nicht gewusst hatte, dass es ihn gab. Momentan machte es ihr viel Freude, mit ihrem Wissen und ihrem Talent zum Lehren anderen Menschen zu helfen.

Doch wie lange noch, das wusste sie nicht. Und tief in ihrem Inneren dachte sie immer wieder an die Zeiten auf der Bühne zurück; umgeben von Menschen, die ihre Kunst genauso liebten wie sie und die daher Jacquelines Wesen in seinem wichtigsten Kern erfassten.

Plötzlich klingelt ihr Handy; ganz schrill, mitten in ihre Gedanken hinein. Sie schaut drauf und erkennt die Nummer ihres Chefs. Natürlich, denkt sie, er will endlich wissen, wo ich bin und wann ich zur Arbeit komme. Als hätte er gespürt, dass ich eben an meinen Job dachte …?!

Aber er stört mich – bin ich doch gerade mitten in meinen Überlegungen! Was, wenn ich nicht dranginge? Wenn ich das Klingeln einfach ignorieren würde und weiter spazieren ginge – im Labyrinth meines Kopfes, in den Träumen meiner Jugend, im Mysterium der Gedankenspiele …? Oder ich nehme ab und sage ihm ganz direkt, dass ich heute nicht mehr zur Arbeit komme? Was würde dann passieren?

Wahrscheinlich wäre er zuerst verwirrt, weil das gar nicht zu mir passt. Und dann würde er entweder wütend werden, weil er es nicht versteht, oder er würde mir gar mit Kündigung drohen … würde er das? Und was würde ich dann tun?

Jacqueline betrachtet das klingelnde Handy und denkt weiter nach. Das Handy klingelt lange und sie nimmt dennoch nicht ab. Stattdessen überlegt sie weiter, spielt die Situation in ihrem Kopf weiter.

Wenn ihr gekündigt würde, wäre sie ohne Job und ohne Einkommen; das konnte sie sich überhaupt nicht leisten. Sie hatte weder Rücklagen noch ein reiches Elternhaus. Genau genommen, existierte gar kein Elternhaus; sie musste also auf jeden Fall ihre eigene Miete sichern. Dennoch würde sie ja nicht sofort auf der Straße landen, nur weil sie ihren Job verlor. So viel stand fest. Also spinnt sie weiter ihr Gedankenspiel.

Wenn sie ihren Job verlöre … und wenn es in ihrem tiefsten Inneren genau das war, was sie wollte? Wenn sie es extra herausforderte, um damit endlich einmal gegen die Erwartungen der Gesellschaft zu rebellieren, um gegen das, was »man« von ihr erwartet, aufzubegehren?

Vielleicht war DAS genau DAS, was sie brauchte, um endlich zu tun, was sie WOLLTE und nicht, was sie SOLLTE. Vielleicht wäre das genau der Auslöser, um endlich ihrem Herzen zu folgen, statt ihrem Kopf – und ein Leben als Künstlerin zu beginnen?

Das Handy hört auf zu klingeln, das Display zeigt nun den verpassten Anruf. Jacqueline geht über zu ökonomischen Überlegungen. Wenn sie alles hinwerfen würde, ihre wenigen Ersparnisse anzapfte und einen Antrag auf Unterstützung zur Selbständigkeit stellte, könnte das reichen? Dann würde sie nur noch mit wenigen, ausgewählten Kunden arbeiten und hätte dadurch viel Zeit für die Musik und das Schreiben … vielleicht käme sie dann doch endlich dazu, eine richtige Künstlerin zu sein! Aus vollem Herzen zu leben; riskanter, sehr unsicher, unvorhersehbar; aber auch intensiver, ehrlicher, aufregender – und viel glücklicher!!

Vielleicht war das der richtige Moment, ein neues Kapitel aufzuschlagen und zu den Wurzeln zurückzukehren. Seit ihrer Kindheit wollte sie immer Künstlerin sein – eigentlich war sie es schon. Dann kam sie irgendwie vom Weg ab und heute brachte sie die Bahn ausgerechnet hierhin, wo sie geträumt hatte zu sein und wo sie seit Jahrzehnten nicht mehr war?! Das konnte kein Zufall sein.

»Vielleicht soll mich das anstoßen, endlich die Freiheit und den Mut zu finden, meinen ursprünglichen Weg wieder aufzunehmen?«, denkt sie. »Hier, wo ich als kleines Mädchen zart und unschuldig große Träume hatte, genau hier finde ich zu mir selbst zurück! Hier schließt sich der Kreis und ich finde die Kraft und die Gewissheit, eine gute Entscheidung zu treffen! Ein großer Schritt, eine tiefe Veränderung, mit festem Blick und erhobenem Kopf!«

Ihr Herz schlägt plötzlich wilder. Sie spürt Leidenschaft und Stärke in sich, eine neue Entschlossenheit! Ihr ist, als bildeten Kopf, Herz und Bauch eine Einheit und sagten ihr: Ja, tue es, es ist richtig so!

Jacqueline fühlt, wie sich eine Gewissheit in ihr breitmacht, die sie lange nicht mehr gefühlt hatte. Alles scheint nun zu passen, scheint simpel und doch perfekt zu sein. Sie weiß nun genau, was zu tun ist und wie ihre nächsten Schritte aussehen müssen.

Plötzlich hört sie eine laute Stimme aus einem Lautsprecher: »Nächste Station Hauptwache; Ausstieg in Fahrtrichtung links!«

Sie schreckt auf und Ihre Augen werden groß: Sie sitzt doch in der richtigen Bahn, in der richtigen Richtung, ist gerade an der richtigen Station angekommen – und kann nun pünktlich zur Arbeit gehen …

Tülin Yavuz

Zaman

Ich habe mir angewöhnt, während Zugfahrten Krimis zu lesen, weil sie die Zeit verkürzen. So habe ich auch heute ein dickes Buch dabei, das Spannung und Kurzweil verspricht. Ich mag es noch nicht aufschlagen, weil ich spannende Bücher eigentlich gar nicht mag, denn ich werde immer ganz unruhig, bis der jeweilige Fall gelöst ist.

Ich denke an mein letztes Treffen mit dem Literaturclub. Wir sind Frauen aus aller Welt und treffen uns jeden Monat, um mit Unterstützung eines Lektors oder einer Lektorin die Geschichten, die wir schreiben, zu besprechen.

Regelmäßig geben wir Anthologien mit Erzählungen zu einem bestimmten Thema heraus; diesmal soll es um Zugreisen gehen. Beim letzten Treffen hatten zwei meiner Kameradinnen in ihren Geschichten die Beziehungslosigkeit der Reisenden untereinander beklagt, was früher anders gewesen sei.

Auch ich erinnere mich an die Zeiten mit den engen Abteilen, in denen es gar nicht anders ging, als sich zu unterhalten, da man Knie an Knie saß.

Heute gibt es Großraumwagen, die nicht zu angeregten Gesprächen unter Fremden taugen, und einige wenige »Familien-Abteile« für Eltern, die mit ihren Kindern reisen; viele bleiben leer. In Nostalgie setze ich mich in eines hinein.

Tina, eine weitere Kameradin des Literaturclubs, beklagte, dass bisher keine Geschichten über Reisen mit Affen oder über Zeitreisen für unser Buch verfasst wurden, obwohl unsere Vorsitzende Pupuze das vorgeschlagen hatte.

Ich überlege, wie eine Zeitreise oder eine Fahrt mit Affen im Zug oder zumindest eine erdachte Geschichte darüber wäre.

Seitdem ich eine Dokumentation über Schimpansen gesehen habe, in der man sehen konnte, dass sie tatsächlich Kriege untereinander führen, stehe ich ihnen skeptisch gegenüber.

Bei Orang-Utans muss ich immer an die abgerodeten Wälder Indonesiens denken und mir steht nicht der Sinn nach Depression.

Also Zeitreise? Schade, dass das zu abgefahren ist, da wäre ein Gorilla auf dem Nachbarsitz realistischer.

Ich schlage mein Buch auf. Die Protagonistin, eine FBI-Agentin namens Smoky, ist in Depressionen gefangen. Zuerst wurde sie von einem psychopathischen Serientäter verstümmelt, dann ermordete dieser ihren Mann und ihre kleine Tochter. Ich klappe das Buch wieder zu und schaue aus dem Fenster.

Auf dem Bahnsteig tummeln sich jede Menge Verkleideter mit abenteuerlichem Make-up. Es ist Fasching und die Menschen sind schon am Vormittag beschwipst.

An diesem Tag sind alle Fremden Freunde, man grölt sich entgegen, umarmt sich; manch Wagemutiger teilt sich sogar eine Flasche Wein oder Sekt mit Wildfremden. Nach der Paranoia der Pandemie ist das schon etwas Besonderes und ich muss lächeln.

Eine jahrzehntealte Erinnerung schiebt sich zwischen die Feiernden draußen und mich. Mit acht Jahren fieberte ich unserem ersten Faschingsumzug als Familie entgegen, zu dem ich als Prinzessin gehen wollte.

Ich beschrieb meiner Mutter detailliert, wie das pompöse Kleid, das ich zu tragen wünschte, aussehen sollte und zur Sicherheit zeichnete ich es ihr auf. Sie hörte geduldig zu und ebenso geduldig betrachtete sie das Bild, deren Einzelheiten ich ihr noch einmal erklärte; Schärpe und Schuhe mit Absätzen waren verhandelbar, der Rest nicht.

Stattdessen bekam ich einen Cowboyhut und einen Halfter samt zweien Pistolen, in die man einen Zünder einlegen konnte, um Schüsse zu simulieren. An ein typisches Mädchen wie mich, das ausschließlich mit Puppen spielte, die hochhackigen Schuhe ihrer Mutter ausprobierte und deren Lippenstift klaute, um sich den Mund kirschrot anzumalen, völlig verschwendet, ja schon eine Beleidigung!

Es wurde auch nicht dadurch besser, dass Mutter weder mir noch meiner Schwester erlauben wollte, wie alle anderen den vom Zug aus in die Menge geworfenen Bonbons hinterherzujagen. »Kind, wenn du Bonbons willst, kaufe ich dir welche. Du musst sie nicht vom Boden auflesen wie eine Bettlerin … zuhause haben wir tütenweise Bonbons … lass sie liegen, der Boden ist doch ganz schmutzig …«

So ging es in einem fort, bis sich der Zug auflöste.

Ich ging ohne Bonbons nach Hause und seitdem hat sich der Karneval für mich erledigt.

Ich vertiefe mich erneut in mein Buch – Smoky ist eine gebrochene Frau und muss zum Therapeuten.

Gerade als sie die Praxis betritt, höre ich, wie sich die Abteiltür öffnet, und bin alarmiert. Wenn jetzt eine Familie mit Kind kommt, muss ich gehen. Es gibt interessante Studien über Revierkämpfe in Zügen. Ich selbst war über die Jahre viele Male Zeuge, wie Reisende auf ihrem reservierten Sitz bestanden, während der halbe Wagen leer war.

Die Dame, die hereinkommt, muss eine ähnliche Geschichte haben wie ich, allerdings mit einem Nachholbedürfnis, oder aber eine ganz gegenteilige, was Fasching und Verkleidung angeht.

Sie hat sich ihr Kostüm offensichtlich etwas kosten lassen. Man sieht dem Stoff an, wie edel er ist. Auch die Haare sitzen perfekt und entsprechen der Epoche des Kleides, Mitte 19. Jahrhundert würde ich sagen. Eine wahre Prinzessin.

Der ältere Herr, der ihr folgt, trägt die Livree eines Lakaien oder eines Ministers, so gut kenne ich mich nicht aus. Aber, dass er in ihren Diensten steht, ist unübersehbar. Sie redet leise und schaut ihm nicht in die Augen, wenn sie das Wort an ihn richtet. Dann beugt er sich jedes Mal devot an ihren Mund, so als müsse er Sorge tragen, dass sie sich nicht überanstrengt, indem sie die Stimme hebt.

Ich bin beeindruckt, wie perfekt sie ihre Rollen spielen. Beide ignorieren mich; gut so, solange sie mich in Ruhe lassen.

Der Zug setzt sich in Bewegung und ich wende mich wieder Smoky zu, die jetzt mit ihrem Therapeuten redet, den sie schätzt, dem sie sich aber nicht ganz öffnen will.

Und schon wieder wird die Tür aufgeschoben. Ein Hüne von einem Mann steht in der Tür, füllt sie ganz aus und schaut über uns alle hinweg. Er trägt Fell, meine Güte! Um Hüfte und Füße! Und wahrhaftig eine riesige Keule, die er mit Schwung auf das Gepäcknetz über unseren Köpfen wuchtet.

Auch er würdigt mich keines Blickes, allerdings nicken er und die Frau in der Prachtkleidung einander zu, ihre Begleitung senkt leicht den Kopf. »Victoria«, sagt sie dann; »Melbourne«, sagt ihre Begleitung; vom Mann in Fell kommt ein sanftes Grunzen in ihre Richtung. Mit dem Neandertaler reden sie also, mit mir aber nicht. Es scheint eine Schauspieltruppe zu sein, die sich peu à peu im Zug trifft. Arrogantes Künstlervolk.

Er lässt sich auf den Sitz neben der Tür fallen.

Nun sind wir zu viert, was mich ein wenig erleichtert, denn die Karnevalsgesellschaft wird sich wohl nicht so leicht aus dem Abteil verscheuchen lassen, was auch mir den Platz sichert. So wende ich mich wieder meiner gebeutelten Protagonistin zu.

Es ist gar nicht so leicht, Smokys Therapeuten auszutricksen, er bohrt immer mehr nach und sie windet sich.

Im Hintergrund setzt sich das leise Gemurmel zwischen Prinzessin und Mann in der Livree fort, es ist fast einschläfernd.

Ich konzentriere mich auf Smoky und Dr. Hillstead, ich möchte auf keinen Fall vor diesen drei Fremden einschlafen und vor mich hin schnarchen, es wäre zu peinlich!

Die Tür des Abteils öffnet sich erneut, wahrscheinlich ist in den Großabteilen kein Platz mehr, dann suchen viele ihr Heil in den kleinen Kompartiments. Auch dieser in Verkleidung. Flaches

Gesicht mit dünnem Schnurr- und schütterem Kinnbart, auf dem Kopf hat er einen Helm, das seltsamerweise mit Fell eingefasst ist – ein Ritter ist das nicht! Außerdem steckt er in einer Rüstung, die praktisch den ganzen Körper bedeckt, das Ganze verziert mit Pelzbesatz. Seltsam.

Kaum hat er sich breitbeinig zu meiner Linken gesetzt, erscheinen vor dem Abteil zwei Männer. Einer ist kahl, muskulös und trägt nur eine Art Kniebundhose, der andere sieht mit seinen silbernen Schulterpolstern aus wie ein Außerirdischer, der sich als Mongole verkleidet hat; beide kommen mir bekannt vor. Sie bleiben vor der Tür stehen, fangen an das Lied Dschinghis Khan der gleichnamigen Musikgruppe zu singen und werfen mit Konfetti.

Weiter als bis zur vierten Zeile im Refrain kommen sie nicht, denn mein besungener Sitznachbar, der offensichtlich Dschingis Khan darstellen soll, ist völlig konsterniert und springt auf; schon hat er seine Hand auf dem Griff dessen, was einen Säbel darstellen soll. Die beiden ziehen lachend weiter.

Ich liebe absurde Szenen und muss ebenfalls lachen, ich kann gar nicht mehr aufhören! Wie auf Befehl drehen sich alle zu mir.

»Sie kann uns sehen?« Die hübsche Victoria wirkt mehr pikiert als überrascht und hüstelt in ihren Fächer.

Melbourne kratzt sich im Gesicht »und dann so eine Gewöhnliche …«

Dschingis zieht seinen Säbel aus der Scheide und fuchtelt damit vor meinem Gesicht herum. Unwillkürlich weiche ich zurück »Ja, ganz gewöhnlich, sieht uns aber trotzdem.« Dschingis steckt den Säbel wieder weg.

»Wow«, sage ich zu mir selbst, »ist ja wie eine Zeitreise!«

»Es gibt keine Zeit, also kann man auch nicht durch die Zeit reisen! Es gibt Zugreisen, ich habe meine erste im Sommer 1842 gemacht.« Prinzesschen hat sich tatsächlich dazu herabgelassen, das Wort an mich zu richten.

»Ja«, pflichtet der Neandertaler bei, den ich im Geiste »Grunz« getauft habe, »allerdings gab es zu meiner Zeit noch keine Züge.« Ich bin überrascht, dass er sprechen kann.

»Hach, also doch Zeit, Sie sagen es selbst!« Ja, ich kann manchmal eine besserwisserische Nervensäge sein, eine weniger schöne Seite an mir, aber das tut jetzt nichts zur Sache. Ich habe ganz andere Sorgen!

Wahrscheinlich bin ich eingeschlafen und träume mir diesen Unsinn zurecht und, weil ich es als solchen identifiziere, wäre es ein luzider Traum. Himmel, ich hoffe, ich sabbere nicht!

In Träumen kann man Dinge nicht lesen, die man nicht kennt. Ich schlage mein Buch auf und lese dort weiter, wo ich das Lesezeichen eingesteckt hatte. Smoky sitzt schon wieder bei Dr. Hillstead, der ihr ihre alte Dienstwaffe auf den Tisch legt, und Smoky ist am Ende. Das muss aber nichts bedeuten, ich kann mir die Fortsetzung der Geschichte auch zurechtträumen.

Ob ich nun sabbere oder schnarche, ich werde wieder aufwachen und diesen Menschen nie wieder begegnen. Dieser Gedanke beruhigt mich wieder und ich bin bereit, mich der Traumwelt zu überlassen, da schreckt mich ein Mittfünfziger im Anzug auf, als er die Abteiltür beiseiteschiebt. Danke Gott, ein Normaler! Innerlich jubiliere ich.

Automatisch nehme ich meine Tasche vom letzten noch freien Sitz.

»Agnes«, ruft er in den Gang »hier ist nur ein Sitz belegt, komm doch.« Was soll das heißen, nur ein Sitz belegt? Ich jubiliere nicht mehr.

»Ach nö«, flötet es vom Gang, »lass uns doch in den Speisewagen gehen und mit den anderen Sekt schlürfen!« Meine Hoffnung auf Normalität verabschiedet sich mit einem Lächeln und folgt Agnes. Möge sie an ihrem Sekt ersticken.

Also gut, entweder ich träume doch oder ich halluziniere. Gründe für Halluzinationen sind entweder langer Schlafentzug, schizophrene Schübe oder ein Hirntumor. Geschlafen habe ich gestern Nacht gut, die Nächte davor auch, überhaupt schlafe ich immer sehr gut, das fällt weg. Der Schizophrene weiß nicht, dass er halluziniert, das fällt also auch weg; bleibt nur noch der Tumor – schlecht, ganz schlecht! In mir steigt leichte Panik auf.

Aber, es gibt einen leichten Trick, um zu erkennen, ob man halluziniert oder nicht.

Vor Jahren hatte ich eine Geschichte über einen Mann gelesen, der seiner Frau an deren Sterbebett gelobt hatte, keine neue Ehe einzugehen. Wohl auch, weil sie ihm gedroht hatte, ihn sonst als Geist heimzusuchen.

Anfangs hielt sich der Witwer an sein Gelübde, doch schon bald verliebte er sich neu, verlobte sich sogar. Von jenem Tag an erschien ihm der Geist seiner verstorbenen Frau Nacht für Nacht, um ihn anzuklagen.

Er konnte ihr nicht entkommen, sie kannte seine geheimsten Gedanken, fand ihn überall. Am Ende seiner Kräfte, suchte er einen Zen-Mönch auf, berichtete von seinem Leid und bat um Rat, den Geist der Verstorbenen zu besänftigen.

Der weise Mann riet ihm, beim nächsten Besuch des Geistes aufs Geratewohl eine Handvoll Bohnen zu nehmen und den scheinbar allwissenden Geist zu fragen, wie viele Bohnen er in der Hand halte. Der Mann tat wie geheißen und die Geschichte endet mit »Da war kein Geist mehr, um diese Frage zu beantworten.«

So frage ich Victoria, an welchem denkwürdigen Tag sie die legendäre Bahnfahrt unternommen habe. »An einem Montag, freilich war mein Albert schon Jahre zuvor mit dem Zug gefahren und hatte mir versichert, dass keinerlei Gefahr für Leib und Leben besteht.« Und ihre Augen leuchten bei der Erinnerung an ihren Geliebten. »Damals waren wir noch nicht verheiratet«, schiebt sie hinterher. Sie ist zu eifrig, zu bemüht, als dass es glaubwürdig klänge.

Auf meinem Handy überprüfe ich ihre Angaben. Google sei Dank, erfahre ich auch, dass es der 13. Juni war. Und ja, es war ein Montag. Oh, Freude! Sie ist keine Halluzination. Einfach eine

Schauspielerin, die gut recherchiert hat und ihre Rolle bis zum Äußersten spielt, so wie ihre Kumpanen! Eindeutig eine Schauspieltruppe, die nicht aus der Rolle fällt! Welche Erleichterung, kein Tumor! Ich jubiliere erneut.

Und so stimmt mich die Freude darüber, dass ich offensichtlich gesund bin, der seltsamen Schar gegenüber milde. Ich gratuliere ihnen, wie perfekt sie ihre Rollen spielen. Da mich noch immer keiner von ihnen ansieht, spreche ich mehr in die Runde. Wahrscheinlich habe ich den Anzug-Mann falsch verstanden.

»Eine Unwissende. Es gibt so viele von ihnen«, sie setzen ihre boshafte Unterhaltung über mich fort, als sei ich nicht existent.

»Ich kann Sie hören, klar und deutlich.« Die Milde, die ich empfunden habe, verschwindet.

»Und doch begreifen Sie nichts!« Melbourne, der sich bisher durch besondere Zurückhaltung ausgezeichnet hatte, ist überraschend giftig, finde ich.

»Wir geben nicht vor zu sein – Wir sind!«

»Ach ja, und was sind Sie?« Ich kann auch giftig sein. Melbourne schnaubt nur, von ihm ist keine Antwort mehr zu erwarten.

»Reisende in der Zeit, wir reisen in und mit ihr.« Grunz spricht sanfter als es seine Statur und Erscheinung vermuten lassen, und ich schäme mich ein bisschen, ihn so getauft zu haben, Sauer bin ich aber immer noch!

»Aber sicher, und der Pappsäbel, mit dem er mir vor dem Gesicht herumgefuchtelt hat, ist auch echt.« Mit dem Daumen deute ich zum Möchtegern-Krieger, ich schaue gar nicht erst hin. Ich habe genug von dieser Unterhaltung und ich schlage mein Buch auf.

Smoky hat die Therapiestunde hinter sich gebracht und ist wieder auf dem Weg in Einsamkeit und Schmerz, als sich der, den ich im Geiste Pappmaché-Dschingis nenne, vor mich hinkniet. Er sieht mir direkt in die Augen, als er sich ein einzelnes Haar vom Kopf reißt. Dann zieht er seinen Säbel heraus und spaltet es vor meinen Augen in zwei. Mir wird leicht übel. Ich bin gefangen mit vier Irren und es ist Zeit zu gehen.

Ich werfe mein Buch in den Rucksack, schnappe meine Jacke und will mich gerade hinunterbeugen, um meine Tasche unter dem Sitz hervorzuziehen, als ich aus den Augenwinkeln zwei Schatten vor der Tür des Abteils sehe. Ich muss gar nicht genau hinschauen; ich weiß, wer dort steht und mein Herz setzt aus.

Einer hatte seine Kindheit an die Flucht und seine Jugend an den Krieg verloren, der andere war seines kaum gelebten Lebens beraubt worden. Ich kenne sie, denn der eine war der Mann meiner Großmutter, der andere ihr Cousin, den sie innig liebte.

»Dede« ich springe auf, die Tränen laufen mir das Gesicht hinunter. Ich kenne seine Nachkriegsjahre nur von vergilbten Fotos, die bei meinen Großeltern an der Wand hingen.

Rechts unten sah man immer den Namen des Fotografen, der sie gemacht hatte. Einen Fotoapparat besaß damals niemand. Alle paar Jahre ging man geschlossen als Familie in ein Atelier, um die Zeit festzuhalten, die nicht festzuhalten war, und erhielt sich leblose Erinnerungen an vergangenes Leben. Und doch waren diese Bilder allen kostbar und wurden in Ehren gehalten.

Ich lernte ihn kennen, als er schon alt und sehr gebrechlich war. Hier steht er mir in jugendlichem Alter gegenüber, aber ich erkenne ihn sofort, trotz seiner zerlumpten Kleidung. Er ist unrasiert und die Haare sind zu lang für einen Mann seiner Generation.

Er hat eine Mauser über die Schulter gehängt. Ich erkenne sie wieder, er hatte sie, seitdem er im Krieg gewesen war. Sie war seine ständige Begleiterin, gegen die Schatten jener, die einst vor seinen Augen starben. In den folgenden Jahren des Friedens ging er damit oft auf die Jagd und des Nachts schlief er mit ihr.

Er nickt mir zu und begrüßt die anderen, die artig zurückgrüßen.

»Yanındaki kimdi?«, wer war bei dir, frage ich, obwohl ich es weiß. Kein Kind, kein Erwachsener meiner Heimat, der das Bild oder auch nur den Schatten des Kubilay nicht wiedererkennen würde. Großvater zuckt mit den Schultern und sein Blick verschleiert sich, er weiß, was man ihm antat.

Ende 1930 scharten sich in Menemen bei Izmir Anhänger der Scharia um einen, der sich als Messias ausgab, um gegen die Republik aufzubegehren. Erst waren sie nur zu sechst, doch immer mehr rotteten sich um sie, bis ein riesiger Mob entstand.

Die, die später seinen Statuen huldigten und jubelten, als man ihn zum Helden der Republik erklärte, waren auch jene gewesen, die applaudiert hatten, als man ihn zuerst anschoss, dann mit einer Sichel seinen Kopf abtrennte; es muss lange gedauert haben, man sagt sie sei stumpf gewesen. Weil es ihnen nicht gelang, den Kopf aufzuspießen, banden sie ihn an eine Schnur und trugen ihn so durch die Straßen.

Kein Wunder, dass sein Geist scheu war, er starb mit gerade einmal vierundzwanzig Jahren, als er seinen Militärdienst als Unteroffizier ableistete. Er verstand nichts von Waffen, er war Lehrer gewesen und die Wehrpflichtigen, die ihm zugeteilt worden waren, so unerfahren wie er. Sie kamen vom Schießstand und hatten nur Platzpatronen in ihren Läufen; man hatte sie ihnen gegeben, um sie überhaupt erst an den lauten Knall zu gewöhnen. Und so dachten seine Mörder, sie seien gegen Kugeln gefeit und tatsächlich heilig.

Ich wundere mich, dass er mit Großvater unterwegs ist, der als Kind aus Kreta fliehen musste, zeit seines Lebens das kretische Griechisch sprach und das Türkisch in seinem Haus bestenfalls duldete und das auch nur bei Gästen. Seine Kinder verfluchte er, Wespen sollten Ihnen in die Zunge stechen, wenn sie nicht die »schöne Sprache« sprachen.

Kubilay hingegen, Sohn eines Geflüchteten aus Kreta, konnte überhaupt kein Griechisch, da sein Vater seine Vergangenheit aus seinem Leben getilgt hatte und nur die türkische Sprache in seinem Haus duldete.

Aber, sie waren, wenn auch zu verschiedenen Zeiten und unter anderen Vorzeichen, Kämpfer für eine Republik ohne die Herrschaft der Mullahs und Kalifen gewesen und sie waren verwandt.

Ich fühle einen Schmerz in mir, der mich immer befällt, wenn ich an meinen Großvater denke. Dede, der sich nie an das Land gewöhnen konnte, für dessen Freiheit er jahrelang gekämpft hatte, träumte immer von der Rückkehr in seine Heimat und starb doch in der Fremde.

»Girite gidebildinmi?«, hast du es nach Kreta geschafft, frage ich. »Oradayım.«, ich bin dort, antwortet er.

Kubilay steht vor der Tür und ich verstehe, dass er in dieser Zeit nicht reisen wird und wohl auch nicht in meiner Gesellschaft. Ich glaube, er hätte lieber seinen Sohn aufwachsen sehen, als in die Geschichtsbücher einzugehen. Und ich gehöre zu der Generation, die die Rückkehr der Mullahs nicht verhindert hat.

Der Kopf tut mir weh, als ich mir meine Mitreisenden der Reihe nach ansehe; langsam dämmert mir, dass die, die vorhin Pappmaché-Dschingis verärgert hatten, verstorbene Sänger der Gruppe Dschinghis Khan gewesen waren. Niemand in diesem Abteil lebt mehr. Ich sitze im Totenreich!

Ich sehe zu meinem Großvater. Er hatte vorhin gesagt, er sei in Kreta und doch sitzt er mir gegenüber, unterhält sich angeregt mit Melbourne. Beide lachen herzlich, in der Zeit scheint es keine Sprachbarrieren zu geben. Und wohl auch keinen Schmerz, ich habe meinen Großvater nie zuvor lachen hören. Ich kannte ihn immer nur traurig und verschlossen und die Engländer mochte er seit den Kriegstagen auch nicht.

Es ist wie mit dem Buch, das ich lese. Ich kann vor- und zurückspringen, während sich die Geschichte im Fluss befindet. Ich kann das Ende zuerst lesen, um zum Anfang zurückzukehren, während sich das Buch in meinen Händen nicht verändert. Es ist dasselbe wie zuvor. Dr. Hillstead, der auf Seite 20 immer der vertrauenswürdige Therapeut bleiben wird, entpuppt sich 400 Seiten später als der sadistische Mörder, den Smoky die ganze Zeit gesucht hat und wird es in diesem letzten Kapitel auch bleiben. Alles ist eins und letztendlich in sich zeitlos.

Vor fünf Jahren war ich mit meiner Mutter auf der Suche nach Spuren ihres Vaters nach Kreta gereist.

Wenn ich recht habe, müsste es funktionieren.

»Dede« sage ich »Giriti çok sevmiştim«, Kreta gefiel mir sehr gut.

»Hadi o zaman«, na dann los, antwortet er und streckt mir die Hand entgegen.

»Vielleicht hat sie ja doch ein bisschen verstanden« höre ich Melbourne noch murmeln, als ich an der Hand meines Großvaters hinausgehe. Nein, ich mag ihn nicht!

Tina Maggio

Kreisel und Wunder

Die Eisenbahn steht, die Lok dampft. Ich kann es nur riechen. Sehen ist nicht einfach. Der trübe Himmel verschluckt den grauen Rauch. Schmutz, Schweiß, Blut. Auch das rieche ich. Am schlimmsten aber ist der Geruch von totem Fleisch.

Gott, nimm ihn mir aus der Nase. Auch Dämonen riechen den Tod stets neben sich, aber sie würden diesen Duft genießen und nicht darum bitten, es nicht zu riechen. Schon gar nicht den Meister. Gott, lass es zu Ende gehen. Ich bin müde.

Ich weine. Nicht um Mama, ich bin nur in Sorge. Ich will nicht vor dem Herren stehen und beschämt den Kopf senken müssen, weil ich nicht stark genug war.

»Du musst kämpfen! Sei tapfer! Weine nicht! Weinen macht müde und verhindert die Konzentration«, hatte Mama gesagt. »Steig in den Zug! Hörst du? Und wenn dir jemand zu nahekommt, hau drauf! Nur dann hast du eine Chance!«

Mir wurde schon vom Zuhören übel, aber Mama hatte recht. Sie hat immer recht. Ich muss es schaffen.

»Alles einsteigen! Alles einsteigen!«, brüllt der Schaffner. In seiner Lautstärke schwingt Verzweiflung. Fast muss ich lachen. Was zum Teufel glaubt er denn, was die Menschen hier am Bahnsteig versuchen?

Der erste Ellbogen trifft mich in die Rippe. Das habe ich davon, meine Gedanken dem Schaffner zu widmen. Der nächste Schlag trifft mich am Hinterkopf.

»Mach Platz, dummes Gör!«, schreit mich der Mistkerl an.

Ich drehe mich zu ihm um und zwicke ihn heftig in den Arm. Als dieser zurückschreckt und ausholen will, ramme ich ihm meinen kleinen Kopf in die Seite und kämpfe mich durch die Menge, was für ein paar Sekunden leicht ist, da die Leute um uns herum kurz innehalten.

Ein Schauspiel.

Offensichtlich verlieren wildgewordene Menschen auch in so einer lebensgefährlichen Situation nicht den Sinn für Theater, daher nutze ich die Konzentrationspause der Meute, um mich in den Zug zu kämpfen.

Ich habe dem Mistkerl nicht nur Schmerzen bereitet, sondern ihn auch gedemütigt. Ich kann ihn dicht hinter mir riechen. So gut ich es schaffe, ducke ich mich und lasse ihn vorbeistolpern.

Doch irgendjemand muss diesem Widerling das Bein gestellt haben, denn er fällt mir direkt vor die Füße. Er braucht nur eine Sekunde, um bei meinem Anblick zu kapieren, dass das die Gelegenheit ist, dem Gör eine Lektion zu erteilen. Und mir bleibt weniger als diese eine Sekunde, um ihm mit meinem verschneiten Winterstiefel mit voller Wucht in den Schritt zu treten.

Auch dieses Mal bin ich schneller, er jault und schleudert mir eine Schimpftirade hinterher. Umherstehende Männer verziehen mitleidig das Gesicht, während die Frauen versuchen, sich ihre Belustigung nicht anmerken zu lassen.

Frauen. Sind sie die wahren Tiere unter uns?

Und wieder denke ich zu viel über Sinnloses nach, was mir noch zum Verhängnis werden wird. Ich muss endlich das Kind in mir zu Grabe tragen, damit das Tier in mir geboren werden kann.

In den Waggons stehen noch ein paar Holzbänke, einige wurden herausgebrochen. Ich kauere mich in eine Ecke auf den Boden. Es ist sehr eng, aber ich bin in der Eisenbahn. Mama, hörst du? Ich bin drin. Hey, Gott, ich habe diesem Mann zweimal furchtbar wehgetan. Aber er hat angefangen. Hörst du? Er! Und ich habe nur getan, was Mama gesagt hat. Ich! Muss! Immer! Tun! Was! Mama! Sagt!

Warum fährt der Zug nicht endlich los? Er füllt sich noch weiter mit ausgemergelten Menschen und ruckelt plötzlich heftig. Zu Tode erschrocken denke ich »Gott, lass es keine Flieger sein!«

»Bitte Gott höflich um Hilfe«, hat Mama gesagt »und wähle deine Gebete weise!«

»Herr, lass es keine Bomber sein«, sage ich. Mehr fällt mir nicht ein. Und tatsächlich, es sind keine Bomber. Die Eisenbahn setzt sich in Bewegung und das Raunen der Meute beweist, dass auch aus ihnen noch keine Tiere geworden sind.

»Man sagt immer, wenn Menschen ihre Gefühle verlieren, werden sie zu Tieren. Das stimmt nicht. Tiere fühlen wie wir. Das Einzige, das uns von den Viechern unterscheidet, ist die Fähigkeit zu hoffen«, hat Onkel Werner immer gesagt, wenn ich ihm half, die Kühe zu melken.

Onkel Werner war ein guter Kerl. Ob er jemals genauso widerlich zu einem jungen Mädchen gewesen wäre? Wahrscheinlich hätte er es bis hierher geschafft, wäre er nicht so mitfühlend gewesen.

Aber er war ein guter Mensch, deshalb hat er es nicht geschafft. Außerdem hätte er nie seine Kühe zurückgelassen. Onkel Werner, ein Bauer, der neben seinen Kühen einfach umgefallen ist. Ein einziger Schuss hatte ihn niedergestreckt. Armer Werner, wir konnten ihn nicht beerdigen.

Die Eisenbahn nimmt Fahrt auf. Wie gerne würde ich jetzt aus dem Fenster schauen und die Landschaft vorbeiziehen sehen, so wie früher, als ich noch klein war. Aber ich ahne, mein Herz würde es nicht verkraften. Da draußen sieht es aus wie auf dem Vorhof zur Hölle. Menschen sind schrecklich, wenn sie hassen. Ich bin so müde.

»Mädchen, nicht einschlafen …« Auf dem Boden dicht neben mir sitzt eine Frau mit einem Kind an ihrer Brust. Sie ist schmutzig und riecht nicht gut, doch das tu ich bestimmt auch nicht.

Das Baby wimmert, während es saugt, wahrscheinlich hat seine Mutter keine Milch mehr. Auch das ist irgendwie tierisch.

Das Säugen. Säuglinge müssen das nicht lernen. Unsere Katzen haben auch immer geduldig ihre Jungen gesäugt, selbst wenn die Katzenmutter nur noch Haut und Knochen war.

»Eine Mutter stirbt lieber, als ihre Kinder verhungern zu sehen. Und wenn die Jungen hungern, sollen sie wenigstens die Liebe ihrer Mutter spüren«, hatte Tante Marga oft gesagt. Eine schroffe, kinderlose, aber sehr gerechte Frau. Sie teilte jede Süßigkeit in viele gerechte Stücke, damit jedes Kind etwas abbekam. Egal ob Nichten, Neffen, Nachbarskinder oder Fremde.

Doch Gerechtigkeit hat auch Tante Marga nicht in diesen Zug gebracht, sondern nur bis zum Hoftor. Und da liegt sie noch immer. Erschlagen von einem ungerechten Soldaten. Wärst du nicht gestorben, hättest du dem Widerling noch aufgeholfen, stimmts Tante? Und er hätte dich auch ein zweites und drittes Mal schlagen können, du hättest ihm sogar noch etwas von deinem letzten Brotstück abgegeben.

»Aber ich bin so müde«, flüstere ich der Fremden zu.

»Das sind wir alle, Mädchen. Aber wir dürfen nicht einschlafen, sonst werden wir bestohlen oder wachen nicht mehr auf«, schilt sie mich.

Sie kennt mich nicht und doch höre ich Mitgefühl in ihren Worten. Und Sorge. Was wohl Friedrich an meiner Stelle getan hätte? Wäre er einfach eingeschlafen, wenn er dann endlich im Zug gewesen wäre?

»Du siehst aus wie ein Gespenst, Kindchen«, hätte er wie immer gesagt. Von Sorge keine Spur. Friedrich war Mamas Cousin und nicht wirklich nett. Er hatte ihr nie verziehen, einen Mann aus dem Norden geheiratet zu haben. Einen dahergelaufenen Heiden hatte er meinen Vater genannt.

»Heide, was ist das? Vater war doch ein Mann!«, sagte ich ihm verblüfft, denn ich wusste nicht viel über Vater. Mama hat nicht oft über ihn erzählt. Nur, dass ich ihm sehr ähnlich sei. Und Friedrich sah das wohl genauso, denn er ließ keine Gelegenheit aus, mich Geistchen zu nennen.

Friedrich. Nicht netter Friedrich. Auch du wurdest nicht verschont. Gevatter Tod hatte kein Mitleid mit dir. Er saß an deinem Kopfende und lächelte mich an, als ich dir Suppe bringen sollte. Doch das Fieber verschluckte die Suppe und dann auch dich.

Ja, du wärst einfach eingeschlafen, hättest du es erst einmal hierhergeschafft. Und du wärst wahrscheinlich bestohlen worden und nicht mehr aufgewacht.

»Wenn mich jemand bestiehlt, werde ich ihm sehr weh tun müssen«, antworte ich der besorgten Frau.

»Du bist ein tapferes Mädchen. Ich wünschte, das wäre ich auch gewesen.«

»Du hast es in diese Eisenbahn geschafft, mit deinem Kind. Du bist tapfer!«

»Dazu muss man nicht nur tapfer sein. Ohne Gottes Willen wäre ich schon tot. Hast du ihn nicht auch um Hilfe gebeten?«, fragt sie mich streng.

»Ja, das habe ich. Aber den Widerling musste ich ganz alleine verjagen«, sage ich verbittert und schäme mich ein wenig.

»Ohne die Hilfe des Herren hättest du das nicht geschafft, Mädchen«

»Was wäre geschehen, wenn der Widerling auch gebetet hätte?«

»Gott hilft den Gerechten, Kind«, erwidert sie voller Überzeugung.

»Tante Marga war auch gerecht. Und der Soldat, der sie geprügelt hat, war es nicht. Sie ist tot und er nicht. Warum hat Gott ihr nicht geholfen?«

Sie schaut zu ihrem Baby und flüstert: »Gott weiß«

Interessant. Er weiß es. Ich nicht.

»Gottes Wege sind unergründlich, Mädchen«, höre ich unseren Pfarrer sagen. Bei meiner Erstkommunion hatte ich ihn gefragt, warum Jesus am Kreuz sterben musste, wo er doch ein guter und gerechter Sohn gewesen war. Gott der Vater hatte nicht eingegriffen und hatte ihn sterben lassen.

Wäre Jesus noch am Leben, wenn er ein bisschen ungerechter gewesen wäre?

Mein Vater hatte keine Sekunde tatenlos zugesehen, als meine Schwester in den eisigen See gefallen war. Er stand nicht einfach am Ufer und sah zu, wie sie ertrank. Er sprang hinein, um sein Kind zu retten, und ist dabei ertrunken. Oder erfroren. Oder beides.

Dem Tod ist es egal, wie viele Gründe es für seine Sense gibt. Er kommt nur einmal.

Unser Pfarrer war bestimmt ein gerechter Mensch. Doch er floh, ließ seine Schäfchen auf der Weide zurück. Was Gott ihm wohl erzählen wird? In die Hölle wird er ja nicht kommen, weil »ein getauftes Kind dort nicht landet«, das zumindest hat er immer gepredigt. Aber wir SIND schon in der Hölle, schätze ich, obwohl wir getauft wurden.

Die Frau ist jetzt plötzlich doch eingeschlafen. Auch ihr Kind scheint zu schlummern. Ich halte meine Hand vor ihre Nase und fühle den warmen Atem. Man darf nicht einschlafen?

Das Schaukeln des Zuges macht mich schläfrig. Ich möchte nur ganz kurz schlafen. Zumindest habe ich es in den Zug geschafft. Mama und Gott werden mir bestimmt verzeihen. Mir fallen die Augen zu und tatsächlich ist dieser Schlaf nur von kurzer Dauer, denn Mutters Stimme holt mich wieder zurück.

»Da bist du ja, Kind«

»Mama? Wo kommst du denn her?«

»Was soll diese Fragerei. Steh vom Boden auf und setz dich ordentlich hin!«

Erstaunt sehe ich zu ihr auf und bewundere den Ledersitz, auf dem sie thront. Sie wirkt strenger denn je, wie sie da so auf mich hinunterblickt.

So schnell es geht, richte ich mich auf, setze mich in einen warmen, weichen Sitz neben sie und muss an Onkel Werner und seine Kühe denken.

Draußen zieht die Landschaft an uns vorbei. In der Dämmerung spiegeln sich Gesichter. Ich drehe mich um und schaue erstaunt in fünf von ihnen. Mama, Onkel Werner, Tante Marga, Friedrich und … wer ist dieser Mann, der da an der Abteiltüre steht und mich eindringlich ansieht? Er scheint meine Frage in meinen Augen gelesen zu haben. In Augen, die seinen so ähnlich sind.

»Vater«, sagt er und kommt auf mich zu.

Verwirrt blicke ich zu Mutter, unfähig zu reden.

»Deine Mutter hat nicht übertrieben«, sagt Vater und grinst in Friedrichs Richtung.

»Du solltest nicht stolz darauf sein, Heide«, grummelt Friedrich und weicht Vaters Blicken aus.

»Vergiss sie doch endlich, Friedrich. Sie hätte niemals ihren Cousin geheiratet«, provoziert Vater ihn weiter. Friedrich wollte Mama heiraten? Mir wird übel.

»Das wollte ich auch nicht. Aber mit einem Heiden wollte ich sie nicht verheiratet wissen!«

»Dafür warst du umso glücklicher, als ich nicht mehr da war, stimmts Cousin?«

»Aber wie immer konntest du deine gottlosen Kreisel nicht verstummen lassen, stimmts Heide?«

»Wir haben gerade andere Sorgen!«, schimpft Mama mit beiden, »Draußen tobt ein schlimmer Krieg, da müsst ihr nicht auch noch hier drinnen toben! Also reißt euch zusammen und seid still, das Kind braucht unsere Hilfe. Und wir seine!«

»Da hast du wirklich recht«, nickt Tante Marga. Wie schön sie ist. Wie kann das sein?

»Wie immer benehmt ihr euch sehr egoistisch«, geht Onkel Werner dazwischen.

Onkel Werner ohne seine Kühe zu sehen, ist irgendwie unheimlich.

»Kindchen, du wirst es alleine nicht schaffen. Hörst du? Kind, starr nicht aus dem Fenster, sieh mich an, wenn ich mit dir rede!«

Doch ich bin vom Ausblick abgelenkt. Wo sind die Ruinen? Dort draußen ist es grün und die Berge sind zum Greifen nahe. Der reißende Fluss, an dem wir entlangfahren, ist tiefblau.

Was passiert hier gerade? Wo ist die stillende Frau? Wieso riecht es hier so gut und warum ist Mama bei den ganzen Toten? Ist sie auch tot? Dann wäre ich es auch. Würde sich der Tod so anfühlen, wäre er keine Strafe.

»Mädchen, Mädchen! Nun hör uns doch an!« Mamas Ungeduld sticht mir ins Herz.

»Mama, bin ich tot?«

»Rede keinen Unsinn, natürlich bist du nicht tot!«

»Aber Onkel Werner und Tante Marga, und Friedrich! Sie sind doch tot!«, brülle ich Mama an, wie ich es noch nie gewagt habe. Onkel Werner summt eine seltsame Melodie. Sie erinnert mich an die grauenvoll gesungenen Liedchen von Johannes. Mamas kleinem Bruder.

Plötzlich starren alle Onkel Werner an und ich erkenne Angst in deren Augen.

»Mama, du hast gesagt, Vater sei tot«, bricht es aus mir heraus und ich schäme mich zugleich.

Sie schaut mich an, als sei Hopfen und Malz verloren. Als wäre ihr gerade bewusst geworden, was für ein selten dummes Kind sie zur Tochter hat.

»Du darfst auf keinen Fall einschlafen. Du musst die Grenze erreichen und dich durch die Wälder immer Richtung Norden schlagen. Wenn du im Tal angekommen bist, fragst du nach deiner Tante Tunja. Sie wird dich erkennen. Jeder Blinde wird sehen, wessen Tochter du bist. Bleib dort, bis dieser Wahnsinn vorbei ist. Halte dich an die stillende Frau.«

»Aber wie kann das sein? Ich schlafe doch bereits!«

Mir macht die Müdigkeit zu schaffen, doch noch mehr erschöpft mich der Versuch zu begreifen, was hier gerade vor sich geht. Kann man im Traum müde sein? Vielleicht war Vater ja nie tot, sondern hatte sich aus dem See retten können und hatte uns einfach verlassen. Und nun tut es ihm leid und er hat es in diesen Zug geschafft.

Dann war er wohl auch nicht immer gerecht, aber mutig. Sehr

mutig. Um Mama in die Augen sehen zu können, muss man mutig sein.

»Sie ist eindeutig deine Tochter«, sagt Mutter. Vater räuspert sich.

»Nur, dass sie nicht einfach verschwunden ist!«, flüstert Onkel Werner und scheint völlig übergeschnappt, wie er da auf dem Ledersitz abwechselnd summt und lächelt, summt und weint, immer im Wechsel.

Draußen wird es langsam dunkel und ich kann Onkel Werners Schmerz so gut verstehen. Am Fluss erscheinen immer wieder Kühe, geschmückt mit Glocken um den Hals, mit Bändern hübsch verziert. Ob es Werners Kühe sind?

»Vater, antworte mir! Bist du ertrunken?«

Mutter hat das ganze Zugabteil mit ihrem strengen Blick zum Schweigen gebracht. Besonders Friedrich scheint sie eingeschüchtert zu haben, denn der hat seinen roten Kopf gesenkt.

»Es gibt Fragen, die man nicht stellen sollte, wenn man überleben will, Kind. Das Leben ist oft sehr schmerzhaft. Müdigkeit kann schmerzhaft sein, besonders dann, wenn so viele Leben davon abhängen, sich ihr nicht hingeben zu dürfen. Habe ich nicht recht, Friedrich?« Doch der rührt sich nicht.

»Du hast recht«, nickt Vater Mutter sehr ernst zu.

»Kind, deine Mutter hat recht. Sie hat immer recht. Du darfst nicht einschlafen. Tunja wird dich aufnehmen. Sag ihr, unser Spiel ist noch nicht zu Ende«. Nun bin ich völlig verwirrt. Welches Spiel meint er? Spielen sie gerade mit mir? Wie kommt es, dass ich nie etwas über eine Tante Tunja aus Mutters Erzählungen gehört habe?

Gerade als ich ihn fragen will, wie das Spiel heißt, komme ich zu mir. Über mich gebeugt, die stillende Frau, die mich erschrocken ansieht.

Ich höre noch Vaters Stimme, die langsam verhallt. »Das Spiel der Kreisel und Wunder! Kind, hörst du mich? Du wirst es mögen, so wie ich es mochte. Tunja wird verlieren, weil du wie ich bist. Du gewinnst. Hörst du? Sie wird kurz böse werden, aber dann wird sie lachen und dich wieder liebhaben. Wie sie es immer tut. Bleib wach, mein Stern!«

»Mädchen, geht es dir gut?«

»Bist du nicht auch eingeschlafen?«, frage ich sie mit krächzender Stimme. Im Zug ist es dunkel, die Menschen wimmern und weinen, einige beten laut den Rosenkranz. Etwas tropft mir auf die Wange. Gerade als ich »Sieh nur, wir leben noch« sagen möchte, erkenne ich die Wunde an ihrer Stirn. Es ist ihr Blut, das mir auf die Wange tropft.

»Gott sei Dank, du lebst«, sagt die stillende Frau und ich versuche mich aufzurichten, lass es aber lieber, denn in der anderen Ecke kauernd erblicke ich den Widerling. Wie soll ich mich verstecken?

»Darf ich die Kleine nehmen?«, frage ich die Frau, ohne wissen zu wollen, was mit ihr geschehen war. Die ist froh, mir das Kind in die Arme drücken zu können, jedoch auch ein wenig besorgt.

»Und du hast nichts abbekommen?«, fragt sie weiter. Ich halte mir das Baby so gut es geht vor mein Gesicht, während die Mutter mich weiter ansieht, als sei ich irgendwie krank. Tränen malen Linien durch ihr blutiges Gesicht.

»Was hier passiert, ist die Hölle auf Erden«, flüstert sie unheilvoll.

»Hast du dich verletzt? Wer hat dir das angetan?«

»Mädchen, hast du denn nicht die Bomben gehört? Eine hat die Fensterscheibe gesprengt. Wie hast du das gemacht? Wie konntest du völlig still sitzen und nichts mitbekommen? Du hast nicht einmal einen Kratzer abbekommen. Gott, deine Gnade erstaunt mich immer wieder!«

Bei diesem Satz hat sie die Augen geschlossen und ihren Kopf nach oben gedreht. Jetzt bin ich wirklich besorgt. »Ich bin eingeschlafen. Aber das bist du doch auch, nicht?«

»Nein, Kind. Ich habe nicht geschlafen und du auch nicht. Du hast nur still dagesessen und mit offenen Augen vor dich hingestarrt.« Nun richte ich mich doch auf und sehe mich um.

Obwohl es dunkel ist, spüre ich, dass hier etwas geschehen ist. Dabei scheint er mich doch erkannt zu haben. Der Widerling.

»Du!«, schreit er zu mir herüber und ist sogleich da.

»Lass mich in Ruhe«, brülle ich ihn an, »sieh doch, ich habe ein Kind auf dem Arm!« Doch das hält ihn nicht davon ab, mich am Arm zu packen.

Jetzt fängt das Kind panisch an zu schreien, sodass die Leute zu uns hinübersehen, doch sie haben gerade andere Sorgen als meine Schwierigkeiten. Die Frau entreißt mir geistesgegenwärtig ihr Kind, wobei ich ins Straucheln gerate, aber nun meine Hände frei habe. Eine davon greift blitzschnell die Hand des Widerlings und ich beiße wütend zu. Er schmeckt abscheulich!

»Das geschieht dir recht«, schimpft die Frau, während sie ihr Kind eng an sich presst, das Köpfchen mit einer Hand an ihre Brust drückt und mit der anderen seine Augen bedeckt.

Der Widerling wirkt leicht angeschlagen, holt aber sogleich zu einer Ohrfeige aus, als da plötzlich ein Mann hinter ihm erscheint, die Hand im Flug festhält und ihm den Arm auf den Rücken dreht.

Der Blick des Widerlings gleicht nun meinem. Entsetzen, Verwunderung, Wut. Vater? Er zieht den Kopf meines Angreifers dicht zu seinem heran und flüstert ihm etwas ins Ohr. Erschrocken reißt sich der Widerling los und drängelt sich durch die Menge von uns fort.

»Vater, es war also doch kein Traum?« Doch der Mann verschwindet blitzschnell in der Menschenmenge. Das kann doch alles nicht wahr sein.

Diese ganzen Schrecken sitzen mir noch tief in den Knochen, verjagen für einen Augenblick die Müdigkeit. Wo kam er plötzlich her? Gibt es hier vielleicht ein Zugabteil, von dem niemand etwas weiß? »Unsinn«, würde Mama jetzt sagen. Und was war das doch für ein Spiel, von dem Vater geredet hat?

Irgendwann liege ich mit angezogenen Beinen auf dem Boden unter dem Fenster. Ich traue mich nicht hinauszusehen. Das

Verderben brennt wie Feuer in meiner Brust. Noch immer kauert die Frau mit ihrem Kind auf dem Boden, dicht bei mir.

»Ich habe von meiner Mutter geträumt«, flüstere ich. Sie öffnet die Augen und sieht mich an.

»Auch ich träume oft von meiner Mutter. Dann frage ich mich immer, ob wir noch zusammensäßen, wenn wir schon früher aufgebrochen wären. Vielleicht würde sie jetzt neben mir liegen und ich hätte weniger Angst um mein Kind. Mutter ist eine harte Frau. Sicher hätte sie diesem Mistkerl nicht nur in die Hand gebissen.«

»Warum seid ihr nicht eher aufgebrochen?«

»Ach Mädchen, Menschen mit tiefen Wurzeln verlassen ihre Heimat nicht so schnell.«

»Ja, das weiß ich. Mama wollte auch nicht gehen, aber sie hat mich fortgeschickt. Sie wollte ihren Bruder nicht zurücklassen«, lächele ich müde bei dem Gedanken an Johannes. Ihr kleinerer Bruder wurde einfach nie erwachsen. »Ein Närrisches« hat Großmutter ihn genannt. Johannes ist der liebste Junge auf Erden.

Er ist mein Onkel, aber verhält sich wie ein Kind. Nur ist er nicht unerzogen, sondern herzensgut. Wenn Mama streng zu mir war, hat er mich immer getröstet. Seine weichen Hände haben meinen Kopf gestreichelt und dann hat er mich immer ganz feste umarmt. Dabei hat er gesungen, was sich zwar grauenvoll anhörte, aber sehr friedlich anfühlte.

Mama hat ihn während des Krieges versteckt. Sie schaute ihn oft mit diesem merkwürdigen Blick an. Als überlegte sie, was wohl aus ihm geworden wäre, wäre er als ganz normaler Junge zur Welt gekommen. Ich glaube, heute wäre er Soldat. An der Front. Und er würde nicht grauenvoll singen, sondern grauenvolle Dinge tun müssen.

»Mama möchte, dass ich aus diesem Land verschwinde und sie nachhole, wenn es vorbei ist. Aber ich habe furchtbare Angst, dass der Krieg niemals endet«, weine ich jetzt doch. Ich dummes Kind. Noch immer habe ich Tränen.

»Mädchen, der Hass wird nie zu Ende gehen, aber Kriege schon. Du bist tapfer und du hast noch eine Mutter. Für Mütter und Kinder ist die Hoffnung gewebt«, weint auch sie jetzt unbekümmert. Ihr Baby schaut sie an und sie tätschelt ihr den Kopf, fast so wie es Johannes immer bei mir tat.

»Und wenn er zu Ende geht, weiß ich nicht, wie ich sie jemals wieder finden soll.«

»Mädchen, im Krieg müssen Kinder schnell erwachsen werden. Das ist einfach ein Verrat an der Kindheit. Du musst Dinge tun, die eigentlich die Erwachsenen machen müssten. Entscheidungen treffen, die man noch nicht treffen sollen müsste. Und plötzlich, ohne zu verstehen, wann es geschehen ist, sieht man sich als erwachsene Frau vor dem Spiegel.

Das tut weh. Schäme dich nicht deiner Tränen, Kind. Es sind die Kriegsherren, die sich schämen müssten, für all das Grauen, das sie anrichten. Doch hätten sie Schamgefühl, würden sie niemals Kriege zulassen. Sie werden sich vor dem Herren verantworten müssen.« Die Frau wirkt so furchtbar alt auf mich. Hat sie auch so früh erwachsen werden müssen?

»Hat deine Mutter dich fortgeschickt?«, frage ich vorsichtig.

»Nein. Mutter war immer schon so furchtbar stur. Wir hätten schon vor einem Monat fliehen können, aber sie war überzeugt, die Kapitulation des Feindes stünde kurz bevor. Leider war der Feind in dieser Zeit des Ausharrens schon viel zu nah an uns herangerückt.

Was wäre aus mir und meiner Kleinen nur geworden, wenn ich auf sie gehört hätte. Ich musste eine Entscheidung treffen und endlich erwachsen werden. Eines Nachts habe ich mich aus dem Haus geschlichen und ihr nicht einmal auf Wiedersehen gesagt.«

Sie ist wirklich tapfer. Sie hat ihrer Mutter die Stirn geboten, was ich mich nicht trauen würde. Wenigstens konnte ich mich von Mama verabschieden. Was, wenn ich das nicht hätte tun können, wenn Mama mir nicht befohlen hätte, zu flüchten? Aber ich hätte mich niemals gegen Mamas Entscheidungen gestellt.

»Ich sagte doch, du bist mutig. Ich hätte mich niemals getraut, Mamas Befehlen zu widersprechen«

»Das wirst du eines Tages, Kind! Wenn du selbst Mutter bist. Das Leben läuft nicht rückwärts und Mütter sind nicht unfehlbar. An dem Tag, an dem du das erkennst, ist auch das letzte Stück Kindheit vorbei.«

Das kann ich mir gar nicht vorstellen, geschweige denn ein Kind zu haben. Schon gar nicht allein, ohne Mann. Andererseits hat Mama uns zwei Kinder auch alleine großgezogen.

Verdammt, Vater! Wo bist du gewesen? Wir sind nie an dein Grab gegangen, haben es nie besucht, wie die anderen Leute, die einen geliebten Verwandten verloren hatten. Haben nie dein Grab geputzt und gepflegt.

Ich war immer das Geistchen, ein seltsames Kind ohne Vater. Die anderen Kinder haben ihre toten Väter auf dem Friedhof besucht, während ich dich nie wirklich gesucht hatte. Schon gar nicht auf einem Friedhof. Merkwürdig.

»Träumst du schon wieder?«, holt mich die Frau in die Gegenwart zurück.

»Ich habe nicht geträumt. Vorhin, als du mich geweckt hast. Es war sehr seltsam. Dieser Mann vorhin, der mich gerettet hat. Er war auch in meinem Traum«

»Mädchen, vielleicht hast du doch was abgekriegt«, lächelt die Frau mich an.

»Das war mein Vater!«

»Aber warum ist er dann nicht bei dir geblieben? Geh ihn suchen!«

»Das kann irgendwie nicht sein. Vater ist tot«, sage ich. Und nun sieht sie mich mitleidig an und streichelt mir über den Kopf.

»Manchmal schickt uns der Herr Engel, die können jede Gestalt annehmen, weißt du. Man kann das nicht verstehen. Er ist ein Meister. Und er führt uns durch die dunkelsten Stunden hindurch. Du solltest ihm danken, dass er auf dich achtet«, tröstet sie mich.

Aber der Mann eben war kein Engel, sondern aus Fleisch und Blut. Ich habe ihn erkannt. Was für ein Spiel spielt meine Familie mit mir?

Da fällt mir plötzlich ein, was Mama gesagt hat. Halte dich an die stillende Frau.

»Kennst du ein Spiel namens Kreisel und Wunder?«, frage ich sie instinktiv. Sie legt ihr Kind zwischen uns ab und richtet sich ein wenig auf.

»Woher kennst du dieses Spiel?«

»Mein Vater hat mir davon erzählt. In diesem merkwürdigen Traum. Ich habe noch nie etwas davon gehört.« Warum sieht sie mich so ängstlich an? Kennt sie das Spiel etwa?

»Bist du denn nicht getauft?«, fragt sie mich erschrocken.

»Doch, das bin ich. Aber was hat das mit dem Spiel zu tun?«

»Dieses Spiel spielen nur die Heiden. War dein Vater ein Heide?«

»So hat ihn Friedrich immer genannt, aber der war auch nicht sehr nett.« Was geschieht hier gerade? Und wieso reagiert diese Frau, die sich ständig auf Gott beruft, so heftig?

»Woher kennst du denn dieses Spiel, du bist doch ganz sicher getauft?«, frage ich streng.

Beschämt weicht sie meinem Blick aus und ringt nach Worten. Ist sie vielleicht Tante Tunja? Aber das kann doch nicht sein. Sie ist doch mit mir in den Zug gestiegen und Tante Tunja lebt doch immer Richtung Norden.

»Bist du Tunja?«, frage ich sie gerade heraus.

Erschrocken hält sie sich die Hände an die Ohren, setzt sich in den Schneidersitz und wiegt ihren Körper vor und zurück. Wird sie jetzt genauso wahnsinnig wie Onkel Werner?

»Es tut mir leid, ich wollte dich nicht verärgern«, versuche ich mich zu entschuldigen, doch da hört sie auf, sich hin und her zu wiegen, und beginnt zu erzählen, wie ein völlig anderer Mensch.

»Ich hatte einen Freund, der war nicht getauft. Mutter war sehr böse auf mich, als ich von zu Hause fortgelaufen bin, um ihm zu folgen. Er kam aus dem Norden.

Am Abend bevor er wieder nach Hause musste, hatte er mir von dem Spiel erzählt. Und von ihr. Es stach mir ins Herz, doch ich war schon viel zu verliebt in ihn, um ihm böse zu sein.

Mutter schloss mich ins Zimmer ein und als sie mich endlich herausließ, da war er fort. Also lief ich weg, immer Richtung Norden und als ich ihn fand, musste er kurze Zeit später zum Militär. Da ging ich zurück zu Mutter.

Aber ich war nicht mehr allein. Unsere Tochter wurde in Mutters Keller geboren.« Jetzt bin ich völlig verwirrt, habe noch mehr Fragen und weiß nicht, wo ich anfangen soll.

»Er kannte das Spiel?«

»Ja«

»Und sie? Wer ist sie?« Darauf gibt sie mir keine Antwort.

»Meine Tante, zu der ich fliehen soll, lebt auch im Norden. Ich habe sie nie kennengelernt und bis zu meinem seltsamen Traum wusste ich nicht einmal, dass ich überhaupt eine Tante im Norden habe. Nur, dass ich in diesen Zug steigen soll. In den letzten Zug, der noch Menschen zur Grenze bringt.

Sie sagte im Traum zu mir, ich solle mich durch die Wälder schlagen und nach Tante Tunja fragen, sobald ich die Grenze erreiche. Vater meinte, ich müsse sie nach dem Spiel fragen. Das Spiel der Kreisel und Wunder.«

»Dieses Spiel ruft den Leibhaftigen«, sagt sie ängstlich.

»Wen?«

»Den Teufel. Er führt Menschen zusammen, aber nicht, ohne sich dafür etwas zu nehmen. Hörst du? Ich habe meinen Freund gefunden, aber kaum waren wir zusammen, musste er gehen und seitdem ist er verschollen.«

Was redet sie da? Vater hat dieses Spiel immer mit seiner Schwester gespielt. Er war nicht böse. Aber vielleicht ist dieses Spiel böse.

Vater ist ertrunken, oder nicht? Onkel Werner hat gesagt, Vater sei verschwunden. Und nun soll ich Tante Tunja finden und mit ihr genau dieses Spiel spielen?

Und wieso weiß Mama davon, sie ist doch eine gute Christin. Andererseits hat sie einen ungetauften Mann geheiratet. Vielleicht hatte Friedrich doch recht gehabt.

»Erzähl mir von dem Spiel!« Das ist der Frau nicht ganz geheuer. Sie sieht sich um und senkt ihre Stimme. »Mädchen, du musst wissen, dass dieses Spiel ein Zauber ist. Und Zauberer sind nicht gern gesehen. Man kann damit verloren geglaubte Menschen aufspüren. Auch solche, die nicht mehr leben.«

Jetzt bekomme ich auch ein wenig Angst. »Aber Mutter hat es befohlen! Ich muss Tunja trotzdem finden. Was immer da vor sich geht, Mama muss das gewusst haben. Ich vertraue Mama«, sage ich. Und ich hoffe, ihr wird nichts geschehen, aber das sage ich nicht laut.

»Sie trifft die Entscheidungen für dich, Kind. So wie meine Mutter für mich damals. Und nun gehorche ich ihr nicht mehr. Gott weiß, was mich erwartet«

»Wo möchtest du eigentlich hin?« Bisher hat sie gar nicht erzählt, wo genau sie eigentlich hinwill. Wobei das niemand wirklich zu wissen scheint. Hauptsache raus aus diesem Land, weg von diesem furchtbaren Krieg.

»In den Norden. Vielleicht finde ich meinen Freund wieder, wir können heiraten und vielleicht eine anständige Familie sein.«

»Und wie willst du ihn finden?«, frage ich, obwohl ich die Antwort schon ahne.

»So wie ich ihn damals gefunden habe. Ich muss zu Tunja!«

Pupuze Berber

Jour Fixe(d)

Zufall oder Bestimmung? Wer weiß. An einem Bahnhof treffen sich die meisten Menschen zufällig. Einige reisen gemeinsam als Familie oder Paare. Andere sind allein, geschäftlich unterwegs, oder besuchen Familie, Freunde; sind vielleicht eingeladen zu einer Hochzeit, Taufe, Geburt oder einer Beerdigung.

Schulklassen machen eine Klassenfahrt, Kegelclubs einen Ausflug. Der Zielort der Zugreisenden ist oft gleich, die Gründe hingegen sehr vielfältig.

Es gibt auch Orte, die von Menschen in periodischen Abständen besucht werden. Das ist dann nichts Besonderes mehr, es ist nicht anders, als mit der U-Bahn zur Arbeit zu fahren. Sie sind daran gewöhnt, bewegen sich schließlich in ihrem routinierten Trott, schmieden darin ihre Pläne, bis etwas Unvorhersehbares geschieht und nichts mehr so ist wie zuvor. Davon handelt unsere Geschichte.

Es ist Dienstag, der 26. November, 8:45 Uhr. In der Bahnhofshalle des Frankfurter Hauptbahnhofs wimmelt es nur so von Menschen. Unterschiedliche Köpfe, Augen, sich bewegende oder stumme Münder. Tauben durchflügeln die staubige Luft, landen hier und dort, suchen zwischen hastenden Füßen nach Brotkrumen und Essensresten. Petra kommt gerade mit der U-Bahn an, zwei Stockwerke unter der Bahnhofshalle.

Sie ist eine Frau mit auffälligem rotem Pagenschnitt. Bei Ankunft steigt sie aus der U-Bahn aus und läuft Richtung Rolltreppe, mit all den anderen zusammen, die, ähnlich wie sie, zur Bahnhofshalle und dann zu den Gleisen strömen werden. Einmal die Woche muss Petra zum Kunden, zum Jour Fixe.

Vor der Reise will sie, wie immer, eine Zeitung kaufen. Am Kiosk streckt sich eine weitere Hand nach der FAZ aus, die Hand einer blonden Frau. Beide blicken aneinander an, beide entschuldigen sich, nehmen hintereinander ihre Zeitung vom Stapel, bezahlen und verabschieden sich mit Gute-Reise-Wünschen.

Die Blonde eilt in Richtung Toiletten, Petra läuft zum Kaffee-Stand in der Mitte der Halle. Sie hat noch Zeit, volle 20 Minuten. Sie wird sich einen Becher Kaffee holen, sich langsam zum Gleis 10 bewegen, den Schnellzug nach Köln-Deutz nehmen und, wenn sie Glück hat, wird sie sich dieses Mal nicht die Zunge am Kaffee verbrennen.

Am Kaffeehäuschen hat sich eine kleine Schlange gebildet. Petra reiht sich ein. Eine junge Verkäuferin bedient allein. Ein Kunde mit beginnender Glatze kann sich nicht entscheiden, stellt Fragen, zeigt in der Auslage der belegten Brötchen und Teigwaren hierhin und dorthin.

Der Mann hinter Petra wird nervös, wechselt von einem Bein zum anderen, atmet stoßweise aus. Petra spürt die warme Luft im Nacken. Der Mann hat es sehr eilig, denn sein Zug fährt laut Fahrplan in fünf Minuten vom Gleis 9 nach Köln.

Was er noch nicht weiß: Seine Verbindung an diesem Morgen wird wegen technischer Probleme an der Lok ersatzlos ausfallen, weswegen die Fahrgäste in einem anderen ICE untergebracht werden, und zwar in Petras ICE, der dann nicht durchfahren, sondern an den Bahnhöfen des ausgefallenen Zugs halten wird. Davon aber gleich mehr.

»Wollen Sie? Ich hab noch Zeit«, sagt Petra und lässt den Mann vor. Sie ist ein sehr hilfsbereiter Mensch. Ein knappes »thank you« ist von ihm zu hören. Er ist kein Ausländer, der die deutsche Sprache nicht beherrscht, er tut nur so, damit die Leute ihn in Ruhe lassen. Meistens hat er Erfolg.

Derweil kommt eine weitere Verkäuferin hinzu. Die Frau hinter dem unschlüssigen Mann bestellt bei ihr einen Kaffee; ebenfalls der vorgelassene »Thankyouman«. Dann ist Petra dran.

»Für mich nur einen Milchkaffee«, bestellt sie und fährt fort: »Sie haben immer so viel zu tun, nicht wahr? Ich sorge schon vor, und komme zeitig am Bahnhof an. Den Stress hier zu stehen und zuzusehen, wie sich die Leute nicht entscheiden können, während mein Zug in fünf Minuten abfahren wird, ne, den tue ich mir nicht an. Da habe ich lieber noch Zeit für ein Pläuschchen.«

»Zwo fünfundneunzig«, kassiert die Verkäuferin. Petra gibt ihr einen 5-Euro-Schein, nimmt das Restgeld von der Schale und schlendert langsam Richtung Gleis 10. Und verbrennt sich doch die Zunge.

»Oh nein!«, schimpft sie laut.

»Doch! Was, wenn Miro etwas ahnt? Ich werde dabei sein und du tust so, als kennst du mich nicht, basta!«, hört sie den Thankyouman am Telefon drohen, als sie ihn am Anfang von Gleis 9 überholt.

»Unser Thankyouman kann also deutsch. Soso. Und Miro? Ist das nicht der Maler mit den infantilen Klecksfiguren?«, fragt sich Petra.

Aus dem Schacht der unterirdischen S-Bahn kommt eine Gruppe mit Rollkoffern nach oben. Sechs junge, blasse Männer mit Seitenscheiteln und dunklen Anzügen. Es sind keine Banker, auch keine anämischen Mitglieder einer Boy-Band, sondern Mormonen bei ihrer Missionsarbeit.

Direkt hinter den jungen Männern sind fünf Frauen eines Literaturclubs auf dem Weg zu einer Lesung nach Köln. Sie haben reichlich Gepäck dabei, schleppen Taschen und Rucksäcke mit sich.

Am Gleis angekommen sieht Petra »10 Minuten Verspätung« und hört die Durchsage über die Zusammenlegung der beiden Züge. »Ich komme nicht pünktlich zum Jour Fixe«, denkt sie und beschließt, eine Nachricht an ihren Kunden zu schreiben.

Die jungen Mormonen bleiben stehen und versuchen sich zu orientieren, wohin sie müssen. Sie fragen den vorbeieilenden »Thankyouman«, der nun gezwungen ist, mit ihnen Englisch zu sprechen. Petra bahnt sich derweil ihren Weg durch die Wartenden am Gleis 10 zum hinteren Abschnitt D, wo fast nichts los ist.

Ein Blinder mit langem Stock wirft eine Tüte in den Mülleimer, eine junge Frau mit dunklem Pferdeschwanz sitzt auf einer Bank und packt ein kleines Päckchen in eine übergroße schwarze Handtasche ein. Dann zückt sie ihr Handy, dreht Petra den Rücken zu und telefoniert so leise, dass sie Petras Interesse weckt. Sie lauscht, so gut sie kann.

»Hast du sie? Toll! Stell dir nur das dumme Gesicht von Miro vor! … Ich weiß, der Bulle ist mir auf den Fersen, er lässt nicht locker, er besteht darauf. Uns fällt schon was ein, wie wir ihn loswerden … bis später.« Die Pferdeschwanzfrau steht auf, läuft ein paar Schritte weg und bleibt stehen.

»Schon wieder dieser Miro«, denkt Petra. »Was haben die alle mit ihm? Er ist doch schon tot. Die Bilder sind nicht mal schön«, beschließt sie und setzt sich auf die Bank, wo eben noch die andere saß.

Sie trinkt vorsichtig ihren Kaffee, tippt mit ihrem Handy eine E-Mail über ihre Verspätung und fängt an, bis zum Lokalteil in ihrer Zeitung zu blättern. »Mal schauen, was in Frankfurt so alles passiert«, denkt sie, während sich das Gleis auch hier langsam mit Menschen füllt.

»Entschuldigung!« Der Blinde, den sie vorhin am Mülleimer gesehen hatte, steht zwischen ihr und der Pferdeschwanzfrau. »Leider habe ich die Durchsage nicht verstanden, es war zu laut.« Die Pferdeschwanzfrau schaut über ihre Schulter, blickt kurz Petra und den Blinden an und reagiert nicht weiter.

»Wir haben 10 Minuten Verspätung. Und der Zug fährt nicht direkt nach Köln-Deutz, sondern hält an allen ICE-Haltestellen auf der Strecke, weil eine andere Verbindung ganz ausfällt. Wollen Sie auch nach Köln?«

»Ja, Köln Hauptbahnhof. Wagen 132, Platz 95«.

»So ein Zufall! 94! Wir sitzen nebeneinander. Aber Wagen 132 ist nicht direkt hier. Wir müssten etwas weiter. Es ist ganz hinten, wenn der Zug einfährt und ganz vorne, wenn er abfährt.

Die Letzten werden die ersten sein, so steht es schon in der Bibel. Kommen Sie!«

Sie laufen nebeneinander. Sie schaut ihn lange und ungeniert von der Seite an. »Er kann es ja nicht sehen«, denkt sie. Ein hübscher Mann, höchstens 30. Unter seiner dunklen Brille hat er sehr blaue Augen, das kann sie seitlich sehen.

»Hier müsste es passen.«

Die Pferdeschwanzfrau ist ebenfalls mitgelaufen und wartet ein paar Schritte entfernt.

Ein weißer ICE kommt langsam angerollt. Daraufhin eine erneute Durchsage: »Der einfahrende ICE 124 hält planmäßig am Frankfurter Flughafen und wird auch an den Haltestellen des ausgefallenen ICE 900 halten, anstatt vom Flughafen direkt nach Köln-Deutz zu fahren.«

»Deswegen ist es hier so voll«, meint der Blinde.

Der Bahnsteig füllt sich noch mehr, weil jetzt auch Passagiere aussteigen. Paare mit Koffern, Jüngere mit Rucksäcken, Familien mit Kinderwagen. Es dauert, bis niemand mehr aus dem Zug kommt und sie einsteigen können.

»Ich helfe Ihnen.« Petra führt den Blinden zu seinem Platz an einem Tisch auf der rechten Seite. Er sitzt am Gang gegen die Fahrtrichtung. »Komisch, ihre Reservierung ist ab Flughafen. Ist wohl eine Verwechslung. Vielleicht kommt niemand, ist oft so, wenn die Züge Verspätung haben oder ausfallen. Wissen Sie, ich fahre so oft, kenne all die Tücken.«

Petra hat den Fensterplatz am selben Tisch, in Fahrtrichtung. Die Pferdeschwanzfrau steigt direkt nach ihnen ein. Sie setzt sich dem Blinden gegenüber, neben Petra.

Stetig steigen Menschen ein. Die mormonischen Männer verteilen sich auf die Plätze hinter dem Blinden, einer von ihnen setzt sich neben ihn ans Fenster, Petra gegenüber. Die fünf Frauen des Literaturclubs haben ihre Plätze am Tisch auf der anderen Seite, bis auf eine, sie sitzt am Fenster dahinter. Der Thankyouman kommt keuchend rein und setzt sich neben sie, auf den Platz am Gang.

Petras Blick gleitet aus dem Fenster und bleibt an einer Frau am Gleis haften, die Trenchcoat, buntes Kopftuch und dunkle Riesenbrille trägt.

»Ich hätte schwören können, dass ich sie vorher schon gesehen habe, aber, als sie dastand und unser Abteil musterte, wusste ich nicht, wo. Und ja, die Sonnenbrille und das Kopftuch, die haben mich vermutlich irritiert.«, wird sie später bei ihrer Vernehmung erzählen. Mit ihrer Aussage wird der Staatsanwalt auf Vorsatz plädieren und so im Prozess überzeugen.

Der Zug fährt langsam los. Da der Hauptbahnhof in Frankfurt ein Kopfbahnhof ist, ist das zuvor letzte Abteil jetzt das erste. Die Personen, die um sie herumsaßen, kannten sich nicht und es waren zufällige Begegnungen, wird Petra in knapp einer Stunde der Polizei erzählen.

Aber was weiß schon Petra, denn einige kennen sich sehr wohl. Der Thankyouman, der gerade an seinem Kaffeebecher nippt und die Pferdeschwanzfrau beobachtet, kennt diese sehr gut und sie ihn auch.

Er ist Kommissar beim Dezernat für organisiertes Verbrechen und steht kurz davor, seinen größten Fall »Miro« zu knacken. Weswegen er auch nichts mehr aus der Hand gibt.

Die Pferdeschwanzfrau hat er als V-Frau ausgewählt, beziehungsweise war sie ihm fast in die Arme gelaufen mit einer Straftat wegen falschen Parkens, die er dann für sie erledigt hatte. Als Gegenleistung sollte sie ihm von Miros Geschäftsmodell berichten.

Sie sei ja nur eine kleine Verkäuferin in einem Pralinengeschäft, die ab und zu auch Päckchen lieferte, was könnte sie ihm schon erzählen, war ihre Antwort. Aber: Deal ist Deal, er wollte sie dabei zumindest beobachten. Und beide sollten so tun, als kennten sie sich nicht.

Am heutigen Tag fährt die Pferdeschwanzfrau nach Köln, mit einem Päckchen Pralinen für einen Kunden. Kommissar Thankyouman als ihr Schatten hinterher.

Was die Pferdeschwanzfrau nicht weiß: Er muss sie beschützen, falls Miro Wind von ihrer Verbindung zur Polizei bekommen sollte. Denn von seiner Aktion weiß niemand in seinem Team und auch sein Vorgesetzter hat keine Ahnung von einer V-Frau.

Unser Kommissar verhält sich eben nicht nach Vorschrift. Würde ihr etwas passieren und sein Alleingang somit bekannt, würde er seinen Job und alle damit verbundenen Pensionsansprüche verlieren. Er ist nicht grad der Jüngste, da ist er lieber vorsichtig, dass nichts schiefläuft.

Eine ganze Weile läuft alles so, wie es in solchen Zügen üblich ist. Die jungen Männer unterhalten sich leise, ebenso die Frauen des Literaturclubs. Die Pferdeschwanz-V-Frau hat ihre Kopfhörer auf und schaut auf dem Mäusekinobildschirm ihres Handys einen Film.

Unsere Petra ist ganz vertieft in ihrem Artikel zum Diebstahl in der Metzger-Villa; seit Tagen das Gesprächsthema in der Mittagspause im Büro.

»Hast du kein Geld, hast du nur ein Problem, hast du viel Geld, hast du nur noch Probleme«, stellt sie kopfschüttelnd fest und bemerkt, dass ihre junge Nachbarin die Zeitung mitliest, während im Bildschirm des Handys der Film weiterläuft.

»Der Fall Metzger, haben Sie bestimmt schon von gehört. Die Realität ist oft interessanter als ein Film, nicht wahr?«, meint Petra und freut sich schon darauf, sich in ein Gespräch zu verwickeln, doch die Angesprochene schaut schnell wieder auf ihr Handy.

»Verbrechen darf sich nicht lohnen, im Film nicht und noch weniger in der Realität. Die werden den Dieb schon stellen«, greift die knöcherige Literaturfrau am Vierertisch nebenan zu Petras Freude das Thema auf.

Ihre gelockte Mitliteratin am Fenster streckt ihren Kopf zu Petra, um Augenkontakt zu ihr herzustellen und meint: »Ich bin mir da nicht ganz sicher, ob das wirklich Diebe waren. Warum sonst sollten ausgerechnet an dem besagten Abend die Kameras und die Alarmanlage ausgefallen sein? Das sieht für mich nach einer Inszenierung aus.«

Kaum ist sie fertig, übernimmt ihr Gegenüber mit schnellen Wortsalven: »Da ist was Wahres dran. Kam heute Morgen im Radio. Die erwachsenen Kinder aus erster Ehe verdächtigen die junge Frau ihres Vaters, den Schmuck im Wert von Millionen gestohlen und den Diebstahl nur vorgetäuscht zu haben. So hat sie alles für sich und muss nach dem Tod des Mannes nichts mit dessen Kindern teilen und …«

Die Wohlgenährte unterbricht ihre Nebenfrau: »Aber, aber, wer wird denn so voreingenommen sein. Wir schreiben doch alle Krimis, Mädels. Und das mit der jungen Frau wäre mir zu offensichtlich. Der Eberle ist senil. Die haben deswegen ja sein Testament zu Gunsten der jungen Frau nicht akzeptiert. Der Alte hat die Alarmanlage ausgeschaltet, weil er das jahrelang mit den Lichtschaltern am Abend so gemacht hat. Das ist der Geiz, sitzt in den Knochen, kannste nichts machen.«

Der fünften Literaturfrau, die neben Kommissar »Thankyouman« hinter dem Vierertisch der anderen sitzt, ist leider das Thema fremd. Sie will aber auch etwas gesagt haben und ruft daher: »Ich habe Plätzchen mit!«

Sie versucht sich zu ihrem Rucksack auf der gegenüberliegenden Kofferablage zu drängen. Auf ihrer Seite ist alles voll von Büchern, von denen sie hofft, welche auf ihrer Lesung zu verkaufen.

»Bleiben Sie ruhig sitzen. Ich hole ihn«, bietet der Kommissar ihr seine Hilfe an.

»Das ist sehr nett von Ihnen. Es ist der graue, neben der großen schwarzen Tasche.«

Der Kommissar holt sehr umständlich den Rucksack – zumindest dauert es eine Weile, weil er die Taschen hin und her schieben muss – und gibt ihn der Besitzerin. Sie holt daraus eine große Dose und öffnet sie.

»Möchten Sie welche?«, fragt sie zuerst Kommissar »Thankyouman«.

»Danke nein, Diabetes«, lehnt er ab und zeigt der ankommenden Schaffnerin sein Ticket, das sie routiniert einscannt. Dabei sieht sie die Dose.

»Oh, bieten Sie mir Zimtsterne als Fahrkarte an? Ich nehme gerne welche«, scherzt sie. Die Frauen des Literaturclubs lachen und packen ihr ein paar in eine Serviette ein.

Die Schaffnerin ist seit Kurzem mit dem ICE-Fahrer liiert. Eine noch zarte Liebe. Und er mag Zimtsterne sehr gerne. Es sind seine Lieblingsplätzchen. Die Schaffnerin hat also in erste Linie an ihn gedacht.

Auch wenn sie etwas rundlich um die Hüften ist, was ihre Uniform unvorteilhaft betont, ist sie nicht so maßlos, wie man denken könnte. Es ist der letzte Wagen, den sie kontrolliert hat. Sie läuft danach direkt zum Fahrerraum und gibt die Plätzchen ihrem Liebsten.

Die große Dose macht inzwischen die Runde, geht zu den Literaturfrauen am Tisch, dann zu den jungen Männern, dem Blinden, der Pferdeschwanz-V-Frau, die einen Mordshunger hat und auch zu unserer Petra. Sie alle bedanken sich bei der Bäckerin, die sich sehr übers Lob freut.

Nachdem die Plätzchen vertilgt sind, kippt die sowieso schon ausgelassene Stimmung auf wundersame Weise ins Ekstatische. Nach und nach fangen alle an zu lachen – außer dem Kommissar, der nichts gegessen hat.

Ja, die Plätzchen fangen an zu wirken. Denn darin ist nicht nur Zimt und Zucker verbacken. Ursula, so der Name der Bäckerin, hat unwissentlich genau die Zimtdose genommen, in der ihre Tochter Silvia pulverisiertes Marihuana aufbewahrt.

Es war keine böse Absicht von Silvia, die es nach ihrer Trennung wahrlich nicht leicht hatte und sogar zu ihrer Mutter ziehen musste. In ihrem Freundeskreis wurde ihr ein Tee mit dem Pulver empfohlen, um den Kummer zu vertreiben. Und tatsächlich lernte sie Kai-Uwe kennen und vergaß ihr Pülverchen im Zimtdöschen ihrer Mutter.

»Ich habe Durst, ich gehe mir was holen«, verkündet Petra, steht auf und die Pferdeschwanz-V-Frau lässt sie durch. Am Speisewagen sieht sie die Blonde vom Zeitungsstapel vor einem leeren Glas Bier stehen.

»So sieht man sich wieder, nicht wahr. Wo fahren Sie hin?«, fragt Petra. Doch die Blonde hat keine Lust auf ein Pläuschchen und dreht ihr genervt den Rücken zu.

»Blöde Kuh!«, schimpft Petra laut und kehrt um. Sie hat inzwischen vergessen, was sie hier wollte. »Und jetzt verfolgt die mich auch noch«, denkt sie und rennt los. Die Blonde zweigt allerdings Richtung Toilette ab, um sich mit einem bunten Kopftuch und dunkler Brille zu tarnen.

Während Petra läuft, bemerkt sie, dass die Büsche und Bäume draußen langsamer als erwartet vorbeigleiten. Am nächsten Abteil geht die Tür auf. Ein Mann mit einem sehr gepflegten Burt-Reynolds-Schnurrbart stoppt im Türrahmen, um nicht mit ihr zu kollidieren.

»Ich bin schneller als der Zug, schau doch!«, ruft sie ihm beim Vorbeilaufen zu.

»Lukas, wer war das?«, fragt seine Freundin aus dem Abteil, während sie ein Säugling stillt.

»Keine Ahnung, aber irgendwas ist merkwürdig«, antwortet er verdutzt.

»Papa, die ist nicht schneller, der Zug fährt langsamer«, kommentiert seine Tochter, die neben ihrer Mama sitzt und Kopffüßler-Prinzessinnen malt.

Das Kind hat recht. Der Zug gleitet mit dem ersten Wagen in einen Tunnel und bleibt dort stehen, während der Rest draußen bleibt. Bei unserer geselligen Truppe ist es dunkel. Über dem Tisch der Literaturfrauen flackern zwei Leuchtröhren. Petra tastet sich voran zu ihrem Platz und hört dort ein Summen.

»Eine Biene!«, ruft sie erschrocken. Es ist aber ihr Telefon auf dem Tisch, dass sie auf lautlos gestellt hatte und das nun summt und vibriert, weil ihr Kunde sie anruft. Ein Durcheinander von

Stimmen macht sich breit, niemand kann richtig sehen, niemand weiß was los ist.

»Das läuft besser als ich dachte«, sagt die Blonde zu sich selbst und schmunzelt hinter ihrer dunklen Sonnenbrille. Sie nähert sich dem Platz, den sie vom Gleis aus beobachtet und sich gemerkt hatte, holt leise die Spritze aus ihrer Tasche und rammt sie in den Arm der Pferdeschwanz-V-Frau.

Das denkt sie zumindest. Es ist jedoch Petras Schulter, die sie erwischt hat. Die beiden Frauen haben sich zuvor nicht auf ihre richtigen Plätze gesetzt.

Petra schreit auf vor Schmerz. Der Kommissar beleuchtet mit dem Licht seines Handys die Szene, wie eine Frau mit Kopftuch, Trench und dunkler Brille die leere Spritze auf den Boden fallen lässt und zurück Richtung Speisewagen verschwinden will.

Er packt sie blitzschnell am Handgelenk und dreht ihren Arm auf den Rücken. Die Frau stürzt lärmend im Gang zu Boden, woraufhin er sie mit den Knien fixiert und ihr Handschellen anlegt.

Er hatte vor der Fahrt nämlich so eine dumpfe Ahnung und ist nun froh, welche eingesteckt zu haben. Die Blonde brüllt und strampelt.

»Lass mich los, du Idiot, was fällt dir ein!« Er hebt sie hoch und setzt sie auf seinen Platz.

»Ruhe bewahren. Ich bin Kriminalkommissar!«, ruft er in das Wirrwarr und alle verstummen.

Die Schaffnerin tastet sich langsam aus der anderen Richtung vor, an ihrer Hand der Lokführer.

»Der Norbert, ich meine Herr Schröder, er fährt nicht mehr weiter. Jemand würde sich vor den Zug werfen, hat er gemeint.«

»Ich will doch niemanden töten«, ruft aufgebracht Lokführer Norbert Schröder. Die Literaturfrauen kichern.

»Ich kriege keine Luft! Ich muss hier raus«, jammert Petra, die inzwischen im Gesicht angeschwollen ist.

»Komm mit!« Ursula, die Bäckerin der Zimtsterne, packt Petra, hakt sich bei ihr ein und sie laufen Richtung Speisewagen.

Sie ahnt, dass diese Situation auch ein wenig ihre Schuld ist. Zumindest was die Lachattacken und die Visionen des Lokführers betrifft, denn bei Silvia war es ähnlich gewesen, nachdem sie den Tee getrunken hatte.

Der Blinde springt plötzlich auf: »Wir müssen den Zug räumen! Was, wenn uns ein anderer ICE von hinten rammt?« Wieder werden alle laut und stellen sich unruhig im Gang auf.

»Komm, nimm, ähm, nehmen Sie meine Hand«, eilt ihm die Pferdeschwanz-V-Frau zur Hilfe, ein wenig nervös. Die Schaffnerin, der Lokführer, die Literaturfrauen und die jungen Männer raffen ihre Sachen zusammen und laufen alle im Gänsemarsch nach hinten, um aus dem Zug auszusteigen.

Inzwischen strömen immer mehr Reisende in die Gänge und fragen sich, was los ist.

»Raus, raus, wir müssen hier alle raus! Ich möchte doch niemanden töten«, warnt der Zugführer auf dem Weg nach hinten.

Derweil windet sich die Blondine noch immer im Sitz des Kommissars, während er sie festhält.

»Sie hat das Päckchen, du blöder Bullenarsch, du musst sie aufhalten!«, schimpft sie. Der Kommissar drückt sie in den Sitz zurück und ruft nach Verstärkung, erzählt vom Zustand des Zuges, erwähnt die Haschplätzchen.

»Für wie blöd hältst du mich eigentlich, Miro. Warum sollte ich sie aufhalten? Ich habe alles, was ich von ihr brauche, sie ist meine V-Frau. Du sorgst dich um deine Pralinen? Die habe ich hier. Möchtest du welche probieren? Wir sind nun ganz allein. Versüßen wir uns doch die Zeit, hmm? Ich gönne mir auf jeden Fall eine zum Finale.«

Er holt die Schachtel von der Kofferablage, die er vorhin aus der großen schwarzen Tasche der Pferdeschwanz-V-Frau entwendet hatte, als er den Rucksack seiner Sitznachbarin holte.

Er öffnet den Deckel. Es ist ihre Schachtel, die Blonde erkennt sie im Licht der Handytaschenlampe, jedoch beinhaltet sie nichts als billige Discounter-Pralinen.

»Dieses Miststück!«, schreit sie, »Das sind nicht meine Pralinen!«

»WAS? WIE? ...«

Der Kommissar braucht einige Minuten, um den Tathergang zu verstehen. Er hatte doch Maja auf Schritt und Tritt verfolgt. Bis ... »Verdammt, die jungen Mormonen. Da muss sie die Pralinen ausgetauscht haben«.

Das junge Liebespaar, Maja und der »blinde« Philosophiestudent hatten sich Anfang Mai kennengelernt, als er ein paar besondere Pralinen für seine Mutter kaufen wollte und Maja im Laden begegnete. Ihr Lächeln war so entzückend, mit der kleinen Zahnlücke. Er war aufgeregt und fand kaum Worte; sie lachte herzlich über seine Unbeholfenheit.

Mit der Zeit fand er den Mut, mit ihr auszugehen, so dass sie ein Paar wurden. Alles war perfekt, bis auf diese speziellen Kurierdienste.

Maja musste ab und an irgendwelche Pralinenschachteln an besondere Kunden persönlich aushändigen.

Ihr Freund war rasend eifersüchtig und hatte sie zuweilen heimlich begleitet, weil er hinter diesen »Kundenbesuchen« eine mögliche Prostitution vermutete – zu Unrecht, wie sich herausstellte. Bei jedem Mal klingelte Maja, händigte das Päckchen aus und fuhr kurzerhand wieder mit dem Zug nach Hause.

Trotzdem blieb ihm ein mulmiges Gefühl und er fragte sie, warum Menschen so viel Geld und Aufwand betrieben für ein paar Süßigkeiten, mit Kurier und allem Drum und Dran.

»Das steht doch in keinem Verhältnis«, schlussfolgerte er.

»Marketing ist alles!«, antwortete Maja. Die Pralinen stünden sogar in der FAZ!

»Es gibt Menschen, die haben alles. Sie warten gierig auf neue Gelüste. Sonst ist ihr Leben sehr langweilig. Nicht jeder ist so jung und verliebt wie wir.«

Maja hatte ihm den Erfolg der Konditorin so erklärt und er schämte sich wegen seines Verdachts. Und damit war das Thema abgehakt. Bis Maja ihm vom Kommissar und seinem Interesse für Miro, ihre Chefin, erzählte.

Er beschloss daraufhin, der Konditorin hinterherzuschnüffeln und fand heraus, dass sie die süßen Kunstwerke nachts in ihrer Werkstatt in einem Industriegebiet nahe Frankfurt herstellte. Dort bekam sie auch ab und zu Besuch. Ihr Laden hingegen war auf der Schweizerstraße, wo Maja als Verkäuferin und gelegentlich auch als Kurierin arbeitete.

Was machte der Besucher in der Nacht bei ihr? Warum kamen sie nachts in die Werkstatt und nicht tagsüber in den Laden, wenn sie was holen oder kaufen wollten? Oder wollten sie nichts kaufen, sondern etwas über diesem Weg »loswerden«? Versteckt in Pralinen, für besondere Kunden?

Ja, so musste es sein. Er hatte den Verdacht, dass Miro in ihrem Süßkram etwas transportierte, das nicht einfach so per Post verschickt werden konnte. Lange wusste er nicht, was das sein könnte, hatte Vermutungen, aber nie Beweise, bis Maja wieder ein spezielles Päckchen liefern sollte, nach Köln. Da ahnte er, wie Miros Geschäft lief.

Denn kurz zuvor gab es einen spektakulären Diebstahl im Haus des wohlhabenden Metzgers Eberle.

Die Zeitungen hatten ausführlich darüber berichtet und die Hessenschau hatte die Geschädigten gezeigt: einen uralten Mann, der teilnahmslos im Sessel kauerte und eine vollbusige jüngere Frau, die ausgiebig von ihrem Schock erzählte.

Und ausgerechnet diese Frau hatte der »Blinde« nachts bei Miro in der Pralinenwerkstatt gesehen. Da wusste er, welch kostbaren Inhalt diese Pralinen enthielten, die für Köln bestimmt waren: die Edelsteine.

Nachdem er Maja alles berichtet hatte, platzte sie fast vor Wut: »Sie hat mich die ganze Zeit als dumme Handlangerin benutzt und mir das Märchen vom Marketing erzählt!«, schrie sie.

Und aus dieser Wut entstand der Plan, mit den Metzger-Diamanten zu verschwinden.

Sie würden die Steine aus den Pralinen nehmen, falsche liefern, vom Kölner Hauptbahnhof weiter nach Amsterdam fahren, von dort nach Buenos Aires fliegen und dann weiter nach Paraguay.

Diesen Trottel von Kommissar würde sie in Köln in einer spontanen Aktion überlisten.

So wäre es gelaufen, wenn ihr eigentlicher Zug nicht ausgefallen und sie nicht gezwungen gewesen wären, mit den Literaturfrauen und ihren Zimtsternen zu reisen.

Bis dahin lief alles perfekt. Kurz bevor Petra im Abschnitt D von Gleis 10 ankam, hatte Maja die Schachtel in einer Tüte auf der Bank liegenlassen und sich entfernt – war aber immer noch in Sichtweite stehengeblieben.

Ihr Freund, der »Blinde«, hatte dann die darin versteckten Edelsteine an sich genommen und im abschraubbaren Knauf seines Blindenstocks versteckt.

Die Originalschachtel hatte er mit billigen, unverdächtigen Pralinen befüllt, wieder verschlossen und dort liegenlassen, so dass Maja sie später in ihrer großen schwarzen Tasche mitnehmen konnte. Die Tüte hatte er in den Müll geworfen.

Maja hatte sehr viel Glück, dass Petra statt ihrer das Bienengift gespritzt bekommen hatte. Sie war allergisch dagegen und wäre sicherlich bei dieser Dosis gestorben. Und Miro wusste davon.

Soweit die Geschichte dahinter.

Unser Zug steckt jedenfalls mit dem Kopf im Tunnel. Entlang des Gleises bildet sich eine Menschenschlange, die sich langsam rückwärts schiebt, Richtung Zugende. Ihnen kommen Polizisten und Feuerwehrleute entgegen, die den Weg zeigen und absichern.

Petra läuft mit Unterstützung der Literaturfrauen, eine Tüte Eis ans Gesicht gepresst. An der nächstgelegenen Straße, die die Gleise kreuzt – es sind ca. 500 Meter Fußweg – warten Einsatzwagen, Feuerwehrautos, Krankenwagen, Busse und Reporter von allen Medien.

Sie nehmen Petra mit ins Krankenhaus zur Beobachtung, so wie alle anderen, die von den Plätzchen gegessen haben.

Andere Reisende werden mit dem Bus nach Montabaur gebracht, von wo sie mit Zügen weiterfahren können.

Nur Maja und der »Blinde« bleiben verschollen.

Infos über die Autorinnen

Irina Andrei wurde in Bukarest geboren und ist seit ihrer Kindheit künstlerisch aktiv. Als Kulturanthropologin, Coachin und Kosmopolitin lebt sie heute in Frankfurt am Main.

Nadja Buernfeind hat schon als Kind mit ihrem Großvater gemalt. Später studierte sie Kunst und ihre Werke wurden in mehreren Ausstellungen in Rhein-Main-Gebiet und auch in London ausgestellt. Ihre Kurzgeschichten sind in Anthologien veröffentlicht.

Pupuze Berber wurde in einem Dorf im Pontischen Gebirge geboren. Mit sieben Jahren kam sie nach Deutschland und blieb. Sie hat ein Roman (Reise zum Ende der Lust, P. B. Fuchs) sowie mehrere Texte in Anthologien veröffentlich.

Ayla Bonacker wurde in Güzelyurt, Türkei geboren. In Ankara arbeitete sie beim militärgeographischen Amt als Kartographin und schrieb Gedichte. Seit 1971 lebt sie in Deutschland und hat für die Flugsicherung der Bundeswehr gearbeitet. Ayla Bonacker zählt zu den Gründungsmitgliedern des Literaturclubs der Frauen aus aller Welt.

Dorina Ciubotaru wurde in der Republik Moldau im Dorf »Stolniceni« geboren. Sie schreibt Gedichte, Lyrik und Prosa und ist in verschiedenen Projekten mit Bezug zu Literatur und Malerei aktiv. Sie engagiert sich ehrenamtlich in zwei Theatergruppen und setzt dort ihre eigenen Texte und Ideen in die Tat um.

Radvana Kraslová, Journalistin, Übersetzerin und Reiseführerin aus Tschechien. 1988 emigrierte sie nach Frankfurt am Main. Verheiratet, zwei Töchter. Sie gehört zu den Mitgründerinnen des Literaturclubs der Frauen aus aller Welt und beteiligte sich an allen seinen Anthologien.

Tina Maggio wurde im Taunus geboren, wo sie heute wieder lebt, schreibt und arbeitet.

Ihre Eltern stammen aus der süditalienischen Region Apulien. Ihr erstes Buch »Lias Krümmel« erschien 2017.

Joanna Manc wurde in Gdynia (Polen) geboren und kam mit neun Jahren nach Deutschland. Sie übersetzt polnische Literatur ins Deutsche und schreibt Lyrik und Prosa. Sie lebt und arbeitet in Frankfurt am Main.

Dr. Zahide Özkan, eine deutsch-türkische Ärztin, begann schon in früher Jugend, Gedanken und Gefühle auf Papier festzuhalten. In ihrem teilbiografischen Buch »Wir bleiben nur noch bis … Aufwachsen in zwei Kulturen« (Orlanda, 2022) reflektiert sie ihre eigenen Erfahrungen als ehemaliges Gastarbeiterkind und behandelt dabei auf eine sehr persönliche Weise Themen wie Fremdheit und Andersartigkeit, die nicht nur prägende Elemente der Migration sind, sondern auch universelle Bedeutung haben.

Joana Rays' Sehnsucht, aus der engen deutsch-bürgerlichen Kleinfamilie auszubrechen, hat sie dazu gebracht, verschiedene Berufe zu erlernen und auszuüben (Zahnärztin, Schauspielerin, Regisseurin, Theatertherapeutin, psychologisch, systemischer Coach …). Als Autorin schreibt sie momentan an einem biografischen Roman sowie an Episoden unter dem Titel »Thalea oder die fünfte Dimension«.

Venera Tirreno ist in Italien geboren und lebt seit vielen Jahren in Frankfurt. Neben dem Studium der Betriebswirtschaft hat sie bei einer Großbank gearbeitet. Ihr erstes Buch »Sizilien … vergessen!« ist in Italien mit dem Preis »Chimera d'Argento« prämiert worden. »Begegnungen mit der Rosenfrau in Syrakus« ist 2024 erschienen. Gedichte und Artikel sind in der italienischen Zeitschrift »Click Donne 2000« publiziert.

Gisela Wölbert, geboren in Morshausen/Hunsrück, erlebte Hochdeutsch als ihre erste Fremdsprache. Sie ist ausgebildete Pädagogin und Gruppenanalytikerin und schreibt Reportagen, Kurzprosa und Lyrik. 2022 erschien ihr Gedichtband *Einstweilen.*

Tülin Yavuz Geboren in Deutschland, aufgewachsen in der Türkei und Deutschland. Schule in der Türkei und in Deutschland. Studium der Psychologie in Deutschland und den USA. Niedergelassen als Psychologische Psychotherapeutin.

DWG
DEWINTER
WALDORF GLASS

Carolin König
Ein Jahr im Leben der Rosa Grau

ISBN: 978-3-98650-002-3

Nudeln machen glücklich. Sehr, sehr viele Nudeln machen sehr, sehr, sehr glücklich.
SARS-CoV-2 ist nicht ansteckend, wenn im Supermarkt eine weitere Kasse aufmacht.

2020/21 – wir alle haben unsere Erfahrungen mit dem Virus gemacht. Rosa Grau, Mittfünfzigerin und nach eigener Einschätzung »unbesonders«, lässt uns mit einem lachenden und einem weinenden Auge ungeschönt an ihrem Leben teilhaben. Wir erleben mit ihr den Lockdown und was er für den Mikrokosmos einer Familie bedeutet.
Wie Freundschaften zerbrechen und neue entstehen, wie Nachbarschaft sich plötzlich neu definiert – und was davon Potenzial zum Überdauern hat. Wie die Arbeitswelt sich ändert und die Menschen mitzunehmen vermag oder auch nicht. Und wie störanfällig zwischenmenschliche Beziehungen sind, wenn alle Beteiligten zermürbt auf Normalität warten. Zwischen Galgenhumor, Hilflosigkeit und purer Verzweiflung schwankend, durchlebt Rosa Grau die Pandemie und sucht sich ihren eigenen Weg.

Susanne Konrad
Camilles Schatten

ISBN: 978-3-98650-010-8

Die erfolgreiche Klinikärztin Birgit Schindler beendet ihre Affäre mit einem verheirateten Kollegen. Ihre emotionale Situation und ihr anstrengender Arbeitsalltag überfordern sie. Das tragische Leben Camille Claudels, der Geliebten des Bildhauers Auguste Rodin, begegnet Birgit auf ihrer letzten Parisreise mit ihrem Liebhaber. Mit überraschender Vehemenz drängt sich das Leben der Camille Claudel in Birgits Vorstellungswelt. Die Übergänge zwischen Realität und Fiktion verschwimmen bis hin zum Wahn.
Die Diagnose einer Psychose wirft die junge Ärztin völlig aus der Bahn. Dann lernt sie Emma kennen, die ihr hilft, zwischen einer medizinischen Sichtweise und den Betroffenen zu vermitteln. Dank ihres neuen Lebensmutes und einer überraschenden Liebe gelingt es Birgit, im Leben wieder Fuß zu fassen.
Ein Buch über den Mut, sich einem veränderten Leben zu stellen und sich aus der Opferrolle von psychischer Krankheit zu befreien.

Andreas Roß
Mensch Maier
– eine Politik Posse

ISBN: 978-3-98650-022-1

Der Sozialarbeiter und Krimiautor Eduard Maier erlebt die Geschichte seines Lebens. An einem Montag gerät er in einen Banküberfall, versucht nach sozialpädagogischer Manier mit dem Räuber ins Gespräch zu kommen und wird von diesem erschossen.
Im Jenseits wird Eduard offenbart, dass er mit einem Spezialauftrag auf die Erde zurückgeschickt wird. Er soll herausfinden, warum sein Mörder die Bank überfallen hat.
Zurück auf der Erde beginnt eine wilde Verfolgungsjagd und ein kunterbunter Reigen von Diskussionen, Verschwörungstheorien und Kontakten zu Reichsbürgern.

Pointiert und überspitzt legt Andreas Roß den Finger in die Wunde. Was muss passieren, damit die Demokratie bei uns nicht weiter an Boden verliert?